고욤나무의 꿈

고욤나무의 꿈

조 철 형 수필집

노 문 사

서문

글감에 감사드리며

말이 어눌하여 반듯한 글이나 써 볼까 하여 글감을 찾아 나섰다. 세월이 지나도 추억은 하나도 늙지 않고 그대로인데, 그들은 나를 알아보지 못하니 목이 탔다. 샘터의 맑은 물에 비쳐진 내 모습은 세파에 찌든 이방인이 아닌가.

주말에 손자가 와서 꽃동네도 만들고, 술래잡기·숨바꼭질을 하다 보니 나도 모르게 동심으로 돌아갔다. 나무숲과 풀뿌리, 냇가 물고기와 조약돌, 사시사철의 산천이 모두 넘치는 내 친구들이었다. 눈길 한번 안주었던 그들이 반긴다. "지난번에 미안했어. 긴 세월 널 기다리다 지쳤어, 왜 진작 오지 않았어."라며 눈시울을 붉힌다. 아, 역시 추억의 글감이었다.

"어디 한번 써 보자." 마음먹고 내키는 대로 글을 썼다. 나도 글을 쓸 수 있다는 자부심에 들떴다. 한데 실망의 눈초리가 완연한 글감들이 주위를 살피더니 전하는 말이 "수필을 쓴 모양인데 차라리 자서전 아니면 논문, 사설을 쓰는 게 어때? 글이 너무 딱딱하고 어려워 우린 알아볼 수 없어. 그리고 촌놈이 무슨 자랑거리가 그리 많나? 너는 스승 복을 타고났으니 마음을 내려놓는 글공부를 한 후 다시 보자." 이 구동성으로 신신당부한다.

그날부터 스승을 찾아 글쓰기 공부를 했지만, 글쓰기를 하면 할수록 글감에 의미화를 부여하고 자기화를 한다는 건 뜬구름 잡는 격이었다. 나를 써서 남한테 보일 엄두가 안 났다. 주제 파악도 못하고 주제넘게 글을 쓰니 감동을 자아낼 리가 없다. 마음의 글을 써서 가슴에 '찡!'하게 와닿아야 한다는데 한참 못 미친다.

쉽게 체념할 수는 없고 만학晩學임을 자위하며 추억의 길로 산책하면서 틈틈이 글을 썼다. 어느새 한 권의 책으로 엮게 되었다. 나의 첫 수필집을 읽고 독자들이 고개를 끄덕거릴까 글감을 바라보며 조마조마 하다. 지도해 주신 오창익 교수님, 도와주신 문우 선배님들과 아내에게 감사드립니다.

2018년 8월

자연동화와 관조, 그 의미의 인생학

— 수필집 『고욤나무의 꿈』에 부쳐 —

오 창 익

(문학박사, 創作隨筆 발행인)

소설이 독자에게 들려주는 사실적인 '人間學'이라면 수필은 작자가 자신에게 고백하는 솔직한 '人生學'이다.

그래서인가, 조철형님의 첫 번째 수필집 『고욤나무의 꿈』에 실린 50여 편을 읽어보면 일상적인 사연인가 하면 너무나 인간적이고, 솔직한 고백인가 하면 너무나 따뜻한 인간미가 넘친다.

그건 분명 창작수필의 본질인, 잃었거나 잊었던 자아를 회수回收하고 의미를 부여함으로써 새로운 나를, 그 나를 내가 다시 만났기 때문이다. 해서, 감동을 준다.

그 감동感動, 그건 분명 미적美的 충격이다. 그 미적 충격이야말로, 한 마디로 줄여서, 예술이란 무엇인가에 대한 정답이고, 수필이 붓 가는대로 쓰는 잡문이 아니라는 명제에 대한 분명한 해답이다. 그 답이 바로 『고욤나무의 꿈』에 있음을 우리는 어렵잖게 만날 수 있다. 예의 잔잔한 감동, 그 때문이다.

그 감동은 저절로 만들어지는 것이 아니었다. 50편에 달하는 작품들의 소재는 대부분 일상에서 얻은 신변사였지만, 작자는 그 신변사를 그저 담담하게 기록하는 고백이나 서술에 그치지 않고, 주어진 소재 앞에 자기를 먼저 비움으로써 그에 동화同化하고, 나아가 의미부여를 하여 독자와의 대우적對偶的 관계를 유지함은 물론, 공감 내지는 감동으로까지 승화시켜 문예화에 성공하고 있다. 그 문예화가 곧 『고욤나무의 꿈』의 작품세계다.

제한된 지면 관계로 그 작품 세계를 다음과 같이 세 구분으로 가름해 본다. 그 하나가 '자연동화와 그 의미화의 세계'이고, 그 둘이 '자기성찰과 현실 인식'이고, 그 셋이 '고향 그리기와 회귀에의 정情'이다.

먼저 그 하나 : 자연동화와 의미화의 세계

자연은 사람의 힘이 전혀 더해지지 않은, 저절로 일어났거나 이루어진 현상이지만, 예술이란, 특히 수필문학이란 그 자연에 동화同化함으로써 자기화 하고, 나아가 한 의미부여의 세계다.

자연동화, 주지하다시피 그 동화란 물심일여物心一如의 동질화 현상으로서 작자가 어렵게 이룬 순수한 상태다. 의미화 또한 어렵게 회복한 그 순수한 바탕에다 작자 나름의 주관, 즉 대상에의 이해나 해석으로 빚은 이상이나 가치관이다.

작품 「호湖를 사랑한다」, 「고욤나무의 꿈」, 「소나무 잔뿌리」, 「참나

무, 참 고마운 참나무」, 「무의 변신」, 「손톱깎이」 등에서 그 동화同化
나 의미화의 실상을, 아니 그 개성 어린 형상화의 수법을 어렵잖게
읽을 수 있다.

그 둘 : 자기성찰과 현실인식

수필은 자기 회수回收와 자기 반추反芻의 문학이다. 놓쳤거나 잊었
거나 두고 왔던 것을 회수하는 것은 곧 자기 현실을 보다 완전하게
성찰·보완을 하기 위함이고, 회수한 그 현실을 반추, 즉 잘게 씹어내
는 것은 자기 삶에 보다 이로운 영양을 공급하기 위해서다. 보다 새
롭고 보다 건강한 의미 부여를 하기 위해서다. 곧 행복 찾기다. 왜냐
하면 행복이야말로 별것이 아닌, 자기가 선택하여 누릴 수 있었던
것에 대한 냉철한 현실 인식, 즉 '자기 최선', 그 이상은 아니기 때문
이다.

작품 「대리만족」, 「나는 가재편이다」, 「궤도 이탈」, 「이인삼각 경
기」, 「어머니는 요새였다」, 「발빠짐 조심」, 「여삼추」, 「맷돌」 등이 그
좋은 예다.

그 셋 : 고향 그리기와 회귀에의 정

고향은 어머니와도 같은 곳으로, 산 자들에겐 잊을 수 없는 성지聖
地다. 아니, 산 자들의 영·육이 언제고 돌아가 편히 쉬는 곳이기도 하
고, 쉬다가 새 돛을 갈아 달고 의욕적으로 재 출항하는 포구와도 같
은 곳이다.

우리의 수필문학가 조철형님은 그 고향을 목숨처럼 아끼는 문인이다. 아니, 내 몸처럼 사랑하고 가꾸는 예인藝人이다. 그래서 그의 작품엔 부모님을 그리고 기리듯 옛것을 수구하는 강한 신념이 있고, 옛것을 사랑하듯, 낳아 키워준 그 고향으로 회귀하려는 간절한 염원이 있다. 그 신념과 염원이 어우러져 항상 신선한 설렘과 뜨거운 감동을 주는 수필을 낳는다.

「울타리가 그립다」, 「원두막」, 「천수답」, 「탯돌」, 「골이수」, 「하늘 장독대」, 「질먹는 날」 등이 예의 그 작품들이다.

자연동화와 관조, 그 의미화의 인생학인 『고욤나무의 꿈』의 상재上梓에 뜨거운 박수를 보낸다. 축하드린다.

*1*부 고욤나무의 꿈

목차

1부
고욤나무의 꿈

울타리가 그립다

요즈음 집 사이 경계는 울타리가 아니라 담장이다. 소유한 땅의 경계를 확실히 하기 위해 쌓은 담이다. 하기야 지금이나 옛날이나 마찬가지다. 바다도 하늘도 보이지 않는 담장 같은 선線이 있다.

우리 집과 옆집은 사각으로 둘러친 돌담집이었는데 집 사이는 돌담 대신 점선으로 연결된 듯 나지막한 목책木柵 울타리가 있었다. 울타리를 중심으로 대추, 모과, 감나무는 어머니가 해운정댁(외가)에서 시집올 때 심었고 석류, 살구, 자두나무는 옆집 머느리기 모산댁에서 시집올 때 심은 유실수였다. 따님들이 친정을 생각하며 심은 것이었다.

낮은 울타리와 나무 사이로 옆집 마당은 환히 보였다. 농사일을 하다 보니까 바빠 낮엔 집이 비기 일쑤였다. 소나기가 올라치면 옆집 마당으로 달려가 빨랫줄의 빨래와 멍석에 말리는 고추를 걷어 마루에 올려놓았고 열어 놓은 장독대 뚜껑을 닫았다. 옆집 아주머니가 집에 돌아오면 "총각 고맙다"라며 온기가 있는 달걀로 답례했다. 초등학교 들어가는 해, 옆집에 오달五達이가, 이태 후에 삼달이가 태어났다. 경사였다. 아기들은 무럭무럭 자랐고 울타리 과일나무도 쑥쑥 컸다.

가물면 집 앞 우물에서 아침저녁 양동이로 물을 길어와 물뿌리개로 채송화, 봉숭아랑, 유실수 나무에 물을 뿌린다. 울타리가 '그만, 그만' 할 때까지 흠뻑 준다. 봉숭아는 두 집 다 딸 낳기를 기원하며 심은 화초다. 우리 집 진돌(진돗개)이는 '뭐 도와줄 거 없나?'는 듯 꼬리를 흔들고 오달은 토끼에게 물을 먹이느라 분주하다. 두 집에서 공을 들였는데도 대추나무는 순이 돋아날 기적이 없어 애를 태운다. 물 오른 나무의 연두색 새싹들이 싱그러운 잎사귀로 바뀌어 질 때야 비로소 대추나무는 기지개를 펴지만 꽃이 필 땐 합류한다. 초여름, 울타리 주위에 벌들이 왕왕거리고 나비들의 부채춤 따라 닭들이 넘나든다.

오뉴월 햇볕 아래 잎사귀 사이로 열매들이 주렁주렁 탐스럽게 익어간다. 울타리는 열매가 몇 개인지 매일 쳐다보며 세어본다. 영양 부족으로 열매가 떨어질 때마다 가슴을 친다. 오달이가 오줌이 거름인 줄 어떻게 알았는지 동생 삼달의 손을 잡고 와 나무에 오줌을 눈다. 김이 모락모락 나는 보약을 먹은 열매는 더 이상 떨어지지 않았다. 아장아장 걸어가다 뒤돌아보는 아기들이 울타리 너머로 보인다. 높다란 담장이었다면 다정스러운 모습을 볼 수 없었을 것이다.

오성과 권율의 '담장 너머 감' 전설을 흉내 내듯 오달은 울타리 사이로 주먹을 내밀고 손가락을 폈다 오므렸다 했다. 손톱이 밤새 봉숭아꽃으로 곱게 물들어 빛났다. 그때부터 과일들은 시차를 두고 익어

두 집 모두 풍족히 따 먹었고 잘 익은 것들은 정성 들여 외갓집으로 가져갔다. 외가에 다녀오는 오달은 곧장 울타리로 달려와 싸온 과자를 나에게 주었다. 고사리 손으로 건네주는 그 꿀맛을 잊을 수 없다.

늦가을부터 눈이 왔다. 한겨울 눈은 처마 밑까지 쌓여 마당의 눈을 울타리 쪽으로 치우다 보니 높은 설雪 벽이 생겼다. 거기다 낙서도 하고 그림도 그리며 좋아했지만 강추위로 설 벽은 빙氷 벽으로 되어 입춘까지 좀처럼 녹아내리지 않았다. 오달이 형제도 마주 볼 수 없었고 고소한 부침개 부치는 냄새도 맡을 수 없었다. 그 해 겨울은 나와 오달에게는 길고 긴 세월이었다. 빙 벽이 녹아내려 보일락 말락 할 때쯤 안달이 난 오달은 점프를 해도 안 보이자 사다리를 놓고 오르다가 미끄러져 다치는 사단이 벌어졌다. 그로 인해 하학할 때 들러 오달이 형제와 이웃사촌 정을 더욱 돈독히 하는 계기가 되었다. 모질던 추위는 봄바람에 밀려 물러가고 빙벽은 사라져 두 집 사이엔 울타리 화목이 다시 깃들었다. 울타리는 소통과 정을 주고받는 나눔터였고 이웃사촌 가교 역할을 했었다.

돌담은 돌로 시야를 가리고 토담은 흙으로 귀를 막는 방 밖의 또 하나의 이중벽이다. 담장 옆에 나무를 붙여 심을 수도 없다. 고양이가 타고 넘어올 수 있기 때문이다. 아예 가시철조망을 머리에 인 담은 사생활과 소유를 보호하고 대변하는 선상에서 외롭게 지키고 있지만 족제비는 담 구멍을 내고, 담장 넝쿨은 죽자 사자 기를 쓰며 기어오른다. 사람보다 낫다.

담을 쌓고 살아왔듯이 나 자신도 모르게 울타리도 아닌 마음의 벽

을 쌓으며 살아왔다. 하여 이웃과의 소통은 물론 가족과도 담을 넘어
벽이 쳐졌다 벽, 아 아! 답답하게 가로막힌 벽, 울타리가 그립다. 과일
나무 몇 그루로 듬성듬성 경계를 두었던 울타리가 그립다. 외갓집에
갔다가 가져온 과자 몇 개를 삐죽이 내밀던 그 울타리, 오달이 손이
그립다. 그 정이 그립다.

2015. 10

야외 수업

작년 초여름, 동우회원들이 귀향한 회원의 초청으로 남항진에서 화기애애하게 곡차로 회포를 풀었다. 인근 '테라로사' 커피공장에 들러 커피 향을 즐기고 수목원으로 발길을 옮겼다. 오랜만이라 길잡이 내비게이션 안내로 가다 보니 학산 할머니 댁이 눈에 띄었다. "아, 이렇게 변했구나!" 60여 년 풍광이 스쳤으니 백세주 탓도 몽상도 아니다.

수목원 입구에 도착하자 '강릉솔향수목원' 석문石文이 반겼다. 산기슭 목 판로를 따라 전망대에 오르니 동해 바다다. 이곳은 야외수업할 때 병정놀이 한 곳이다. 푸른 하늘과 바다가 맞닿은 곳을 바라보며 '용소계곡' 추억의 실타래를 풀었다.

1955년도, 초등학교가 신축되어 고학년은 관사 마당 천막에서, 저학년은 재 너머 계곡에서 야외수업을 했다. 훤칠한 키에 미모인 처녀선생님*

---

* 처녀선생님 : 파월 사령관 이범준 장군 여제로 제비초등학교 3학년 담임 '이범님' 선생님.

께서 용소龍沼에서 좀 떨어진 소나무 그늘 아래 요산요수樂山樂水 학당을 차렸다. 작은 칠판이 소나무 옹이에 걸렸고, 가랑잎 방석과 돌멩이 책상은 안성맞춤이었다. 춘삼월, 계곡을 내려오는 높새바람을 맞으며 수업은 시작되었다. 송홧가루가 살며시 머리 위로 내려앉고, 소나무 가지 사이로 햇빛이 아른거렸다. 가끔 다람쥐가 출몰하고 물총새가 방해꾼이 되어, 며칠 후엔 간이 울타리를 쳐 학습 집중력을 높였다.

계곡은 온갖 나무들이 어우러지고, 상류에 산목련이 군락을 이루어 향내를 하류까지 뿜어대니 천혜의 무릉도원을 연상케 했다. 그런 계곡이 태풍 '루사'로 훼손되어 석축을 쌓고 보洑를 만들어 치산치수治山治水, 물레방아가 돌아가는 수목원으로 단장했다. 계곡의 샘물이 모여 두 길 가량 폭포를 이룬 용소를 내려다보니, 유년시절 추억이 무젖지 않고 일렁거렸다.

보릿고개 춘궁기라 깻묵, 개떡, 술지게미 등으로 허기를 채우기 일쑤였다. 허나 조금만 부지런하면 초근목피로 연명할 수 있으니 그나마 다행이었다. 야들야들한 연두색 잎과 줄기를 삶아 우려내면 먹을 수 있었다. 하지만 단오를 지나면 녹색으로 변하면서 본성의 독성이 생긴다.

담임선생님은 초근목피 식용교육을 하셨다. 손수 채취한 산나물, 더덕, 독버섯 등을 견본으로, 식용 여부 체험학습을 반복 실시하여 어디든지 풀어놔도 안전토록 하셨다. 그때 터득한 실력 덕분에, 군 시절 지형정찰 기간에 식량이 떨어지면 야전삽과 단도로 비법을 발휘, 풀뿌리로 허기를 채웠다.

수업 중 배꼽신호가 거의 동시에 울리면 점심시간! 산등성에서는 뻐꾸기와 멧비둘기가 구성지게 합창하지만 아랑곳 않고, 사내들은 괭이와 호미를 들고 망을 봐 둔 곳이나 개천으로 달려갔다. 하여튼 용소 주변에서 한나절을 신나게 보내면서 두메산골 철부지들은 자신도 모르게 자연과 동화되었다.

병정놀이는 전망대 고지점령이었다. 남자 학생 수가 고작 2개 분대인 18명으로 유격대와 돌격대로 편성했다. 먼저 봉우리 정상에 전원 먼저 올라가면 승리하는 걸로 하여 고지점령 전투가 시작됐다. 치열한 몸싸움, 소년병들의 전투는 맹렬했다. 비탈에 접어들자 판세가 기울어졌는데, 우리 돌격대는 솔가리, 가랑잎에 미끄러지고, 용달은 고무신이 헐겁고 고무줄 바지라 유격대가 뒤에서 잡아당기면 엉덩이가 들어나 언덕을 오르기는커녕 양손으로 바지를 치켜 올리느라 쩔쩔맸다. 결국 구원나간 나와 꼴찌가 되어 규약대로 생포, 참패를 당하는 수모를 당했다.

헐거운 고무신과 바지, 고무줄이 패인敗因이었다. 집에 오자 형님한테 사정하여 만든 짚신 두 켤레를 안고 승전 꿈을 꾸며 잤다. 다음날 등굣길에서 만난 용달은 눈두덩이 부어 있었다. 가뜩이나 6.25전쟁으로 아버지를 잃은 탓으로 늘 의기소침했는데, 어제 일로 다시 한 번 가슴에 못이 박혔는가 싶었다. 나는 용달에게 짚신을 건네주었고, 물이 오른 칡넝쿨로 허리띠를 만들었으니 일단 패인은 해소되었다.

점심시간, 고지점령 전투는 다시 시작되었다. 나와 용달은 후미後尾를 맡았다. 짚신에 물을 축이니 발에 착 달라붙었다. 용달은 칡넝쿨

허리띠를 조여 매고 내게 다가와 설욕을 다짐했다. "돌격~!" 산비탈부터 우리는 유격대 한 사람씩 따돌리며 고지로 돌진했다. 짚신 위력으로 경사진 언덕을 종횡무진 했다. 대원들을 구원하며 일사분란하게 고지를 탈환, 유격대 전원을 생포하는 혁혁한 전과를 올렸다. 그렇게 말이 없던 용달은 "아~, 이겼다, 이겼노라!" 외쳐대며 환희의 눈물을 흘려 나도 울먹였다. 용달의 가슴에 맺혔던 응어리가 확~ 풀어지는 순간이었다. 그때 돌격대는 용달을 대장으로 임명했다.

머리에 월계관 쥔 동아리, 승전의 풀피리를 불어대며 보무도 당당하게 개선했다. 줄넘기를 멈추고 손뼉 치며 맞아주던 소녀들, 우리 몰골은 가관이었지만 그 순간은 영원한 추억이 되었다. 그날부터 용달은 무력감에서 벗어나 호연지기浩然之氣로 일대 전환기를 맞았고, 나와 용달은 한음과 오성이 부럽지 않은 우정을 쌓았다.

단오가 지나자 우리는 수업이 끝나면 용소에서 다이빙, 자맥질하다 소나무 그림자가 물 위에 드리우면 아쉬운 하루를 마쳤다. 여름방학, 야외수업이 끝나니 마냥 아쉬웠다. 그날 친구들과 함께 학산 할머니 댁 과수원에 들러 할머니께서 차려주신 고봉밥을 남김없이 먹었다. 자두, 복숭아를 싸주시면서 "또 오너라." 하시던 할머니 모습이 눈에 선하다.

한 폭 수채화에 담아도 손색없는 용소계곡! 세월이 흘러도 늙지 않는 추억이 뭉게구름처럼 떠올라 아롱거린다. '회상의 실타래'를 타고 오시는 담임선생님, 참전 소년병들과 고무줄 넘던 소녀들이 손뼉 치며 야외수업 장에 모이니. 차렷! 돌격대장 용달 장군이 거수경례를 하지 않는가.

　환상幻像의 석별이 아쉬워, 난 칠판이 걸렸던 적송 곁을 떠날 줄 모른다.

2014. 5

아직도 내 가슴에 흐른다, 그 눈물이

어린 시절, 가슴으로 겪은 눈물이 있었다. 감격의 눈물, 사랑의 눈물, 정들자 이별의 눈물, 원망의 눈물, 메마른 눈물이다.

내가 태어난 곳은 내[川]를 마주보며 촌가가 옹기종기 모여 있는 마을이다. 철철이 유실수 꽃들이 만개하여 산바람이 불면 꽃향기가 마을을 뒤덮는다. 보리 이삭이 물결치며 이슬을 털면 기다렸다는 듯 잠자리는 편대 곡예비행을 한다. 난 그곳에서 해방둥이로, 앞집 용달은 6·25전쟁으로 어수선할 때 장자로 태어났다.

천지가 부럽지 않게 온갖 보약을 복용한 용달은 무슨 변고인지 말이 어눌한 소년이 되었다. 학교에 못 가는 처지가 되어 내가 집에 있을 때는 줄곧 내 곁을 따라다니 용달에게 자음과 모음을 가르쳐 주었다. 용달은 상자에 모래를 채우고, 쓰고 지우기를 수없이 반복하여 연습했고 모래상자를 신주 모시 듯했다. 자음, 모음 쓰기를 터득하자 칭찬하며 내가 탔던 얼음썰매를 용달에게 주었더니 감격의 눈물을 흘렸다.

앞집 할아버지는 장날이면 술이 거나한 채로 귀가하셨는데 오죽하면 그랬겠는가. 어느 장날 새끼 곰 한 마리를 데리고 와 '웅달'이라 이름 지으셨다. 이로부터 용달과 웅달 형제의 기상천외한 운명 서곡이 시작됐다. 내가 학교에서 돌아오기만을 고대하던 용달이었는데 그 후로 둘은 단짝이 되어 잠시라도 떨어지지 않았다.

웅달은 무럭무럭 자라며 동물적 본능을 발휘하여, 땔감을 부엌으로 옮기는 날은 틀림없이 비가 왔고, 들에서 소를 먹일 때면 소몰이를 했으며, 냇가에서 물고기를 잡을 땐 풀숲과 돌을 밟아대며 물고기를 몰았다. 웅달의 물장구에 우린 바지저고리가 젖는 줄 몰랐다. 고기잡이로 앞뒷집 체랑 바구니는 거덜이 났다.

어느 날 학교에서 돌아오니 용달이가 "웅달아, 웅달아!" 허둥대며 여기저기 찾고 있었다. 한참 헤매다 할아버지 방문을 열어보니 아뿔싸! 곰탱이가 목침을 베고 다리를 꼰 채 할아버지 곰방대를 물고 요지부동으로 누워 있는 게 아닌가! 기가 찰 노릇이었다.

한 해를 넘기고 할아버지가 돌아가시자 용달과 웅달은 할아버지 방으로 거처를 옮겼다. 가끔 웅달이가 우리 집 진돌이(진돗개)와 장난질 칠 때 용달은 신나서 웅달을 응원했다. 웅달이가 이기면 눈물을 흘리며 손뼉을 쳤다. 용달은 그렇게 웅달을 몹시 사랑했다.

즐겁고 행복한 나날이 계속되던 어느 날, 자전거를 타고 온 아저씨가 용달 아버지와 무언가를 상의했다. 아저씨는 곰을 사러 온 사람이었다. 진돌이는 목줄이 끊어질 정도로 발버둥 치며 맹렬히 짖어댔다.

"웅달아, 빨리 도망가! 도망가란 말이야, 이 곰아!" 결사적으로 짖어 댔지만 용달과 웅달은 영문을 알 리 없었다. 아저씨가 웅달을 훑어보고 간 후에야 온 동네를 뒤흔든 진돌이의 난리가 멈추었다.

그 후 아저씨가 흥정하러 올 때마다 용케도 알아차린 진돌이는 결사적으로 항전했다. 웅달은 겁먹은 표정으로 진돌이 쪽으로 바짝 붙어 서자 "넌 산으로 피해야 해. 웅담을 지닌 네가 표적이야. 내가 아니야!" 대책 회의를 했지만 묘안이 있을 리 없었다. 어른들이 결정하는 일이라 속수무책이었다.

이윽고 운명의 날이 다가와, 웅달은 발이 묶인 채 수레에 실려 가는 생이별을 당했다. 냇가를 달리고, 풀밭에서 뒹굴며, 둘은 초원의 사랑이 영원할 줄로만 알았는데 하늘도 무심했다. 용달의 울부짖음, 웅달의 몸부림과 원망의 눈물. 진돌이의 포효咆哮도 아랑곳없이 천륜을 갈라놓는 광경을 차마 볼 수 없었다. 웅달의 피맺힌 한恨인가! 뭉게구름은 석양으로 붉게 물들었고, 그날 밤은 별도 달도 뜨지 않았다.

그날 후 용달은 실성한 듯 모래상자에 웅달을 그렸다 지웠다 하며 메마른 눈물을 흘렸다. 지켜보는 내 가슴에도 눈물이 흘렀다. 하늘마저 햇무리를 했다. "웅담과 금전 때문에 날벼락을 안겨준 쓸개 빠진 사람들. 왜 바보 같은 짓을 한단 말인가!"

용달은 웅달과 헤어진 후 한동안 견디기 힘든 외로움에 방황하였지만 조금씩 제 모습으로 돌아왔다. 어떤 원망이나 물욕도 없이, 총각 농사꾼으로 지내다 아까운 나이에 요절했다. 아! 용달은 속세의 굴레를 벗어나 심산유곡에서 웅달을 만나 재회의 눈물을 흘렸을 것이다.

내가 용달을 만났음은 인륜이요, 용달이가 웅달을 만났음은 하늘이 맺어준 천륜이었다. 반백년이 지났지만 추억의 두 주인공을 생각하면, 아직도 내 가슴에 흐른다, 그 눈물이.

2014. 11

어머니는 요새要塞였다

강화도 광성보에 들러 낮은 언덕을 산책한다. 바닷바람은 옛 요새 바람이다. 고려 시대 30년 간 몽고와 항쟁했던 천혜의 요새였는데, 신미양요 때 함포艦砲 사격에 무너졌던 가슴 아픈 전적이 남아있다.

국경 교통 요충지에 관문을 설치하여, 출입자, 무역 상인들을 검문하는 요새나, 전략요지에 통신·관측용 성곽을 쌓아 수비하는 요새는 군사시설이었다. 영구·야전요새가 철통같이 국경을 지켜주니 백성들이 편히 생업에 종사할 수 있었다. 그 요새를 걸으니 어머니 생각이 아련히 떠올랐다.

6.25전쟁이 일어난 해 초가을이었다. 인민군이 총을 쏘며 마을을 지나갔다. 무서웠다. 전투기들이 집 위로 지나갈 땐 지축이 울리는 듯했고, 멀리 폭격 소리가 들렸다. 가을 들녘은 온통 메뚜기 세상이었으나 나갈 수 없었다. 뒤 이어 진군한 아군들은 '금산마을' 내천 기슭 솔밭에 막사를 쳤다. 처음 보는 야전요새였다. 해 질 무렵, 군인들이

마을을 정찰하고 귀대 길에 목을 축이러 우리 집에 들렀다. 허기진 형색이라 어머니는 밥을 지어주셨다. 군인들은 철모를 벗지 않은 채 마파람에 게 눈 감추듯 후딱 먹고 일어났다. 어머니께선 피난 가신 아버님과 맏형, 군에 입대한 삼촌을 생각하시며 밥을 지어주셨던 것이다.

새벽, 꼴을 먹이려 외양간에 가셨던 어머니가 "얘들아, 소가 없어졌다!" 하셨다. 쇠 방울이 마구간에 떨어져 있었다. 여태까지 이런 일이 없었으니 집안에 비상이 걸렸다. 집 주위를 샅샅이 돌아봐도 없었다. 소에 날개가 달린 것도 아닌데…. 관솔불을 들고 소 발자국을 찾아 나섰다. 내천 쪽으로 가는 길에 어머니 예감대로 발버둥 쳐 깊게 팬 소 발자국이 발견되었다.

아버지가 안 계신데 재산목록 1호인 소가 없어졌으니 어머니는 난감해 하셨다. 적선한 셈 치고 넘어갈 일이 아니었다. 어머니는 침착하셨다. 직감이 드셨는지 "소 찾으러 가자." 하셨다. 동이 트자 소 방울을 든 형과 나를 앞세우고 야전 막사 쪽으로 길을 나섰다. 막사 정문에 이르자 '접근하면 발사!' 팻말이 우리를 가로막았다. 때마침 우리 소 울음소리가 들렸다.

어머니는 정문 보초에게 다가가 "소 찾으러 왔소."라고 하신 다음 그 자리에 우뚝 서 계셨다. 요지부동이셨다. 솔바람에 머리카락만 날릴 뿐 어머니는 전쟁 와중에도 끄떡없는 철옹성 요새였다. 나는 어머니 뒤에서 치맛자락을, 형은 어머니 손을 꼭 잡았다.

잠시 후 부대장이 왔다. "간밤에, 달구지꾼으로 부려먹으려 허락도 없이 소 세 마리를 몰고 왔습니다. 지금 막 조사하여 돌려드리려는 참인데 잘 오셨습니다. 소를 찾아 가십시오."라며 용서를 빌었다. 어머니는 가슴을 쓸어내렸다. 소는 주인을 보자마자 고개를 들고 투레질했다. 우리 소 말고 두 마리 소가 어느 집 소인지 어머니는 알아보셨다. 어머니가 소고삐 줄을 넘겨받고 쇠 방울을 제자리에 달자, 부대장은 "소 훔친 자들을 처벌하겠습니다."라고 했다. 어머니는 기겁을 하며 소를 찾으면 됐지 그래선 안 된다고 오히려 통사정을 하셨다. 안 그러겠다는 확약을 받은 어머니를 부대장은 정문까지 배웅하며 머리를 조아리며 사죄했다.

소는 억지로 끌려갈 때와는 달리, 우리와 함께 돌아올 때는 발걸음에 맞추어 고개 박자를 했다. 귀가하는 방울소리가 정겨웠다. 사람이나 소나 인지상정은 매 마찬가지다. 소를 몰고 오는 광경을 목격한 마을 사람들 눈이 휘둥그레졌다. 소를 잃고 전전긍긍하던 앞마을 주인들이 우리 집으로 달려왔다.

앞마을 소를 잃었던 분들과 동행하여 소 두 마리를 되찾아 오셨다. 어머니는 소를 되찾은 분들에게 '여북 힘들었으면 소를 훔쳤겠나? 오늘 밤 주먹밥을 만들어 내일 장병들에게 주자.'고 제의하니 다들 동의했다. 소를 되찾은 분들이 앞마을 사람들과 함께 우리 집에 모였다. 호롱불 아래서 밤늦게까지 깻잎·호박잎에다 참깨를 넣고 주먹밥을 만들면서, 집집마다 갖고 온 달걀을 삶았다. 병사들 모두 자기네 자식들인 양 정성을 들였다.

냇가를 중심으로 마주보는 마을 사람들이 반목이 심해 서로 흉보고 으르렁거렸었는데 이로 인해 화해가 되는 계기가 되었다. 밤이 이슥하도록 대화를 나누며, 그간 불화의 실타래는 하나씩 풀어졌으니 소 잃고 난 뒤 불화의 외양간을 고친 셈이다. 전화위복이 되었다.

다음날 아침 주먹밥과 삶은 계란을 담은 광주리를 소에 싣고 막사로 향했다. 방울소리에 맞춘 소 발걸음은 한결 가벼워 보였다. 마중 나온 부대장은 광주리를 건네받고 상기된 얼굴로 감사해 했다.

연병장에 도열한 장병들은 호된 단체 기합을 받았는지 얼굴과 복장이 흙투성이였다. 한데 소 몰고 갔던 정찰병들이 갑자기 어머니 앞에 나와 무릎 꿇었다. 어머니는 병사들의 머리를 쓰다듬으며 눈물을 흘리셨다. 아! 생전 처음 보는 어머니 눈물은, 병사 부모님을 대신한 눈물이었다.

어머니는 "주먹밥 먹고, 가는 곳마다 승전하여 반드시 살아 돌아오라!"라며 병사의 두 손을 어루만지며 당부하셨다. 용서와 사기진작이 어우러져, 무너지지 않는 요새를 만들었다. '여자는 약하나 어머니는 강인하다.'는 걸 그때 느꼈고 지금도 잊을 수 없다.

며칠 후, 반가운 승전보에 마을 사람들은 물론 어머니께서 기뻐하며 만세를 외쳤다. 때마침 저녁 하늘엔 뭉게구름이 요새를 짓고 있었다. 합장合掌을 하고 하늘 요새를 바라보시는 어머니 모습이야말로 난공불락難攻不落 요새였다. 뿐인가! 모정의 요새였다.

9남매를 낳으시고 보릿고개에 머릿짐을 이고 장에 다니시며 남매들을 가르치시느라 육신이 고단하셨지만 인고忍苦의 무게를 감내하셨다. 언제나 어머니 젖가슴은 모정의 샘이 콸콸 솟았다.

친가를 찾으면 으레 어머니가 거처하셨던 방에 걸린 액자를 바라본다. 1966년 5월 10일, 가정 주간을 맞이하여 '제비초등학교장'으로부터 자녀교육에 귀감이 되어 받은 '장한 어머니상'과 사진을 볼 때마다 진정 외유내강하셨던 어머니 요새, 그 품이 그립다.

2016. 3

원두막

　우리 동네에 과일가게가 입점했다. 상호가 '자연팜'이다. 자연을 판다는 그럴싸한 옥호屋號이다. 인근에 대형 마트들도 있는데 젊은 부부가 가게를 차렸다. 몇 달 버티다 투자비도 못 건지고 문 닫는 게 허다한데 용기가 대견스러웠다. 집을 나서거나, 귀가할 때 눈길이 자연히 자연팜 쪽으로 간다. 제법 불어난 고객에게, 주인은 품질과 가격, 친절과 함께 서비스로 신뢰받는 가게로 자리 잡았다. 귀갓길에 참외를 사 먹다 보니 옛날 원두막의 정경이 눈에 떠오른다.

　6.25 전쟁을 겪느라 허리가 휠 정도였는데, 농사마저 흉년이 들어 초근목피로 연명하다시피 하였다. 고달픈 보릿고개를 넘으려 아버지는 칠석 무렵에 출하하는 개구리참외 농사를 지으셨다. 보명개* 밭의 밑거름은 숙성한 천연퇴비였다. 떡갈나무 잎과 칡잎을 작두에 썰어 쌓고, 거기에다가 가래나무뿌리와 목초액으로 살균 처리한 분뇨에

---

* 보명개: 고운 모래가 섞인 흙으로　마사토磨砂土이다.

깻묵, 재를 섞어 숙성 시키면 영양이 듬뿍한 천연 알칼리성 비료가 된다. 아버지와 함께 유기농 퇴비를 만드느라 코를 막고 비지땀을 흘렸다.

참외 밭이랑은 경사를 따라 둑을 만들었다. 비가 내려도 배수가 잘 되고 흙이 숨 쉴 수 있도록 했다. 둑에 일정한 간격으로 구덩이를 파고 퇴비를 놓았다. 이틀 후에 씨를 얹고 흙을 덮었다. 이때부터 철저한 병충해 예방 관리가 이루어졌다.

밭 전체가 잘 보이는 곳에 원두막이 자리 잡았다. 통나무 누각樓閣으로 1층은 공간, 2층은 통나무 누대에 발이 내려진 원두막이다. 지하수 펌프도 설치했다. 전에 원두막이 밭 한가운데 있다 보니 사람들의 왕래를 피할 수 없었다. 참외 순들이 아무 까닭 없이 병들어 폐농한 것은 사람들이 병을 옮긴 탓이었다. 하여 원두막을 아예 밭과 격리시켰다.

다음 날, 원두막에서 병충해와 부정을 타지 않은 건강한 참외 수확을 위해 기원제를 치렀다. 아버지께서는 참외 서리를 맞아도 좋으니 병충해만은 막으라 하셨다. 참외 밭의 주인은 참외이니 참외한테 물어보고 들어가라 하시며 원두막 훈령을 포고하셨다. '들어갈 때는 손을 씻고 장갑을 끼며 신발은 상비된 목초액으로 살균한다.'

하학 후에는 진돌이(진돗개)와 함께 원두막에서 지냈다. 진돌이는 참외밭 호위 무사다. 동물적 감각으로 제 몫을 톡톡히 해 낸다. 개구리참외 쌍떡잎이 솟아나면, 새벽에 출몰하는 땅속의 무법자, 두더지를 차단했다. 들쥐는 얼씬도 못했다. 참외 밭에 눈독을 들이는 낯 선 사람들도 어림없다. 이처럼 철통같은 수비로 참외 순들이 무럭무럭 자라 꽃이 피면 벌은 풍년을 구가하고 나비는 춤추었다.

원두막은 망루望樓 역할뿐만이 아니라 만남의 정자이다. 형님이 만든 광석 라디오 덕분에 원두막은 일기예보 기상대가 되기도 하며, 밤에는 동네 처녀 총각들이 만나는 장소가 된다. 집배원 아저씨가 잠시 쉬어 가며, 윗동네 누나들이 양장점에 다녀오다 들른다. 뒷산에서 아주머니들이 채취한 꾀꼬리, 싸리, 느타리버섯을 원두막에서 손질한 후 골고루 나눈다.

해가 뉘엿뉘엿 지면 찾아온 동무들과 지하수 펌프 물로 머리를 감고 서로 등목도 했다. 차가운 물에 기겁을 한다.

어느 날 건넛마을 할머니께서 군사우편을 갖고 오셨기에 읽어 드렸다. 내용인즉 운전병이 되었다는 것이다. 아니나 다를까 할머니는 오가는 사람들을 붙잡고 손자가 운전사가 되었다고 자랑을 하셨고, 이것으로 끝나는 게 아니라 친구들을 데리고 와 '언문'을 가르쳐 달라고 막무가내셨다. 할 수 없이 까까머리 선생이 되었다.

할머니들은 모래주머니를 보자기에 담아 와서 모래 위에 글쓰기를 하였다. 어서 손자에게 답장을 쓰고 싶은 심정은 오죽하였겠는가. 나는 땀 흘리는 할머니 뒤에서 부채질을 하였다. 밤에는 원두막에서 마을 사람들이 '자연을 심고 자연을 파는' 유기농사법을 논의하며 다음 해를 대비했다.

개구리참외 껍질은 녹색 개구리 무늬이고, 속은 선명한 적황색으로 식감은 아삭아삭하며 살살 녹는다. 당도는 단연 꿀참외다. 개구리참외가 익으면 단내가 인근에 풍기면 잠자리들이 몰려오고, 지나는 사

람들이 군침을 삼킨다. 내방객을 위해 원두막 1층에는 시원한 지하
수에 개구리참외를 담가 놓았다.

개구리참외는 병충해 없이 부정도 타지 않고 잘 익어, 시장에서 나
일론 참외를 제치고 과일가게에 팔렸다. 마을에 개구리참외를 심는
집이 늘어났다. 중복中伏이 되자 마을 어르신을 모셔 개구리참외를 대
접했다.

모시적삼을 차려입은 할머니가 답장 온 군사우편을 읽자 모두 손
뼉을 쳤다. 보리 누룽지를 담아 온 바구니에 밭가에 자생한 개똥참외
를 담아 드렸더니 장아찌를 담가야겠다고 반색을 하셨다.

원두막은 망루 이전에 삼복더위를 피하는 쉼터와 만남의 장소며,
학당이고 마을 회관으로서 정을 나눈 곳이었다. 허나 개구리참외가
사라진지 오래되었고 원두막도 보기 어려워 아쉽다.

오늘이 초복, 자연팜에 손님들이 북적거린다. "자연을 팝니다."라
고 점원이 외친다. 원두막에서 들었던 그 소리에 이끌려 나도 모르게
노랑참외를 쌓아 놓은 데로 간다.

2015. 7

고드랫돌

계절이 바뀔 때마다 아내와 더불어 강화도를 찾는다. 고려 시대 몽고 항쟁 흔적과 신미양요 등 개화시기의 쓰라렸던 유적들이 많아 역사 탐방 지역으로서 볼거리가 잘 보존되어 있고, 광역시에 편입되었지만 비교적 개발이 덜 되어 본연 그대로의 농어촌 냄새를 맡을 수 있어 좋다. 풍물시장에서 장도 보고 맛 집에서 별미를 즐기는데 이번에는 강화대교를 건너 추어탕 집에서 할머니가 손수 끓이신 탕을 먹으니 감칠맛이 났다.

광성보 늪지대 부들 산책길 가는 도중 강화도 역사박물관에 들렀다. 박물관에 전시된 강화도 특산물인 화문석을 보다가 돗자리를 매는 자리틀과 고드랫돌을 대하니 아버지와 함께 자리 매던 추억이 떠올랐다.

유년시절 농한기에 접어들면 동네 사람들이 집집마다 농기구를 새로 작만하기도 하고 함께 어울려 새끼를 꼬아 멍석 광주리 삼태기

거적 짚신 등을 만들었다. 설빔도 해야 하고 안택(집안 안전기원제)후 손님도 청해야 하니 돗자리 왕골자리 부들자리를 매어 방에 깔아야 했다. 눈이 내리면 사랑방에 드디어 자리틀이 등장하였다.

햇볕이 따사로운 가을 녘 아버지를 따라 올겨울 농한기에 자리를 맬 왕골과 부들을 벤다. 밭가, 논 구석에 씨를 뿌려 1m 남짓 키운 줄 기가 노란 왕골이다. 단면이 삼각형인 줄기는 매끌매끌 윤기가 난다. 이것은 사랑방 자리 감이다. 부들은 연못에서 무럭무럭 자라 1.5m 가 량의 키 큰 다년초다. 새벽에 삼켰다 또르르 굴려내는 아침이슬로 다 려진 탓일까, 이름 그대로 부들부들하다. 왕골 줄기와 부들 잎을 아버 지를 도와 잘 다듬고 말린 후 구겨지거나 꺾기 지 않도록 가지런히 통풍이 되는 헛간에 잘 간수한다.

나는 그때 긴 원주형의 열매 이삭을 몇 개 챙긴다. 마치 적갈색 아 이스크림 모양인데 정월 대보름 쥐불놀이할 때 사용할 것이다. 앞집 용달과 함께 이삭에 불 붙여 마치 성화 주자가 된 듯 굴렁쇠 팀의 선 두에서 신작로를 달릴 생각을 하며 그날이 오기를 기다렸다.

헛간에서 한 해를 보낸 자리틀과 고드래 돌을 닦고 조립을 하여 벽 쪽에 여유를 두고 안치한다. 대대로 물려온 자리틀의 가름대는 사포 砂布로 연마하고 5cm 간격으로 눈금이 각인된 마가목이나 박달나무 이다. 초겨울엔 영락없이 사랑방을 차지하는 좌장座長에 고드랫돌을 빼놓을 수 없다. 주먹만 한 크기에 한 바퀴 옴팍하게 골이 파져 있는 볼품없는 돌이지만 대를 이어 보관해 온 가보이다.

헛간에 보관해 두었던 왕골을 아버지께서 최종 손질하시는 동안 나는 고드랫돌에 실을 매어 가름대에 늘여 놓아야 했다. 우선 노끈 실 길이를 재단한다. 실이 남거나 모자라지 않도록 방 양 끝에 목침 木枕을 고정시키고 이쪽 목침에서 저쪽 목침까지 실을 한 바퀴 반, 2.5배 되면 자른다.

중학교 수학시간에 원주는 지름의 3.14배(파이(π)=3.14)이란 것을 배울 때 나는 속으로 아 그랬었구나! 무릎을 쳤다. 왕골을 원형이 아닌 타원형으로 만들어 매어가기에, 방 길이의 3.14배가 아니라 2.5배로 한 셈이다.

재단을 끝내고 그 실을 양 돌에 대충 길이로 감아 얽맨다. 그다음은 가름대에 설치하는 것인데, 작년 아버지께서 자리 매는 첫날 고드랫돌을 넘길 때마다 그 돌이 좌우로 그네를 타 서로 엉키고 꼬여서, 형이 그걸 풀고 바로잡느라 애쓰는 것을 보았다.

내 나름대로 신공법으로 자리틀 가름대 아래로 담요를 가로질러 양 지주를 한 바퀴 돌려 끝을 단단히 조여 맨 후, 그 위에 고드랫돌을 눈금 따라 설치하고 돌이 좌우 서로 부딪치지 않도록 상하 길이를 조정하였다. 간섭 현상이 일어날 수 없다. 드디어 자리 매기가 시작되기 전, 아버지께서 웃으시며 "너 잘 했다" 다섯째의 도우미로서 처음으로 들은 칭찬이었다. 그때의 아버지의 웃음과 칭찬은 여태껏 잊을 수 없는 그리움이다.

나는 아버지를 따라 자리를 옮겨가며 고드랫돌 실 길이를 조정하여 전에 이틀 걸리던 일이 그날 저녁, 맨 자리가 바닥에 닿자 유일한 나의 잠자리 이불인 담요를 걷어낼 수 있었다.

고드랫돌 실을 너무 길게 하면 넘기기가 불편하고 손 고락을 다쳐 적당한 길이여야만 작업 속도를 낼 수 있다. '적당하다'는 의미를 그때 직접 체험했다. 아버지와 호흡을 맞추며 고드랫돌을 넘기는 동안 父子의 情은 더욱 깊어졌다. 정녕 고드랫돌 소리는 아버지의 숨결이었다.

며칠간 폭설이 내려 지붕엔 눈이 많이 쌓였고, 밤새 고드름이 처마에 주렁주렁 달렸다. 오후 되면 고드름 타고 떨어지는 낙숫물 소리 뚝 뚝, 고드랫돌 소리 툭 툭 화음을 이룬다. 손놀림은 가락에 맞추어 시간 가는 줄 몰랐다. 밤새 고드름은 여지없이 고드랫돌 실 길이만큼 자랐다.

왕골자리는 선비 같은 품격이어서 사랑방 몫이고 부들자리는 폭신하고 아늑한 어머니 가슴 같아서 안방이 제격이다. 지금까지 쓰던 왕골자리는 옆방, 부들자리는 건넛방 것과 교체하고 걷어낸 자리는 툇마루나 평상의 깔개로 또는 가을 고추 말리기 용도로 쓴다.

자리 매기가 끝나자 고드래 돌을 상자에 담고 자리틀은 해체하여 헛간 선반에 원위치하는데, 대보름 지나고 안택 기도하는 날 부모님으로부터 집안 수호신으로서 인사를 받게 된다.

아버지와 맨 왕골자리를 큰집 형수께서 선반에 잘 보관하여 부모님 기일에는 향로상 앞에 깔아 놓는다. 그 왕골자리에서 향 피우고 절할 때에는 아버지의 미소 짓는 얼굴이 떠오르고, 고드랫돌 소리가 아련히 들려오는 듯하다. 하니 고드랫돌은 아버지의 상징이고 잊지 못할 소중한 추억이다.

2015. 3

나는 가재 편이다

새벽에 꿈을 꾸었다. 가재 집게 다리가 내 발가락을 물어 발버둥치다 잠을 깨니 온몸이 땀투성이다. 우두커니 있으니 창밖 달이 어둑한 밤을 배웅하고 있었다. 경칩인데 유년시절 가재 잡던 꿈이었다.

6.25전쟁이 끝나지 않았지만 마을은 절기 따라 봄을 맞이하고 있었다. 냇가 버들강아지가 토실토실하다. 버들피리를 만들어 부는 소리, 계곡에 쌓였던 눈이 녹아 흐르는 소리에 나무 새싹들이 눈을 비비고 뾰족이 나온다. 경칩을 지나면 농부들이 농사 준비에 바쁘고 나도 바빠진다. 초근목피의 시절이니 야산과 들에서 냉이와 달래를 캔다. 밥상을 풍요롭게(?) 하는 제철 찬거리다

동남풍이 불어 계곡 얼음을 녹인다. 가재가 오랜만의 동면을 깨고 모습을 드러내니 꾀꼬리가 "꾀꼴", 참꽃이 화사하게 웃으며 반긴다. 가재가 조약돌 위에서 쏟아지는 햇볕을 쬘 때 훈훈한 마파람에 더듬이가 날리니 눈을 감춘다. 멀지 않아 떨어질 송홧가루가 눈에 아물거

린다. 아! 마파람에 게눈 감추는 이 순간을 얼마나 오래 기다렸는지 개구리만이 안다.

피난 가신 아버지가 이맘때 논에 물을 대기 위해 도랑을 치면 나는 가재를 주웠다. 암컷은 가재골에 방생하고 수컷을 끓는 물, 증기로 찌고 말려서 가루를 만들었다. 가정 비상약이다.

어느 날 앞집에 금줄이 쳐졌다. 어머니께서 울타리 너머 아주머니에게 집안에 무슨 일이 있느냐고 물으시니 봉달이가 홍역에 걸렸다 했다. 전쟁 중이니 시내 병원과 한약방이 문을 열리 없고 갈 수도 없었다. 발만 동동 구를 뿐이다.

지난해 아버지와 만들었던 '해열제' 가재 가루를 찾으니 없었다. 피난길에 비상약으로 지참하고 나머지는 어디다 보관하셨을 텐데 도무지 찾을 길 없었다.

어머니가 "철아 빨리 가재골에 다녀오너라." 하시니 호미와 반합을 들고 부리나케 가재골로 달렸다. 호미로 물속 가랑잎과 돌을 들추니 가재가 날 잡아가라 했다. 수컷만을 골라잡아 집에 와서 절구에 찧은 것에 식초를 타서 다렸다. 어머니가 봉달 어머니에게 두세 번 복용하고 땀을 내면 나을 것이라며, 동생 윤달이가 침을 많이 흘리니 이참에 가재를 구워 먹이라 하셨다.

사흘 후, 앞집 금줄은 걷히고 아주머니가 봉달과 윤달을 데리고 와서 고맙다고 인사했다. 윤달은 침을 흘리지 않았다. 신기했다. 가재 효능을 톡톡히 본 것이니 어머니도 나도 기뻤다. 가재 덕 보답을 하려 봉달과 함께 집에 있는 깻묵, 등겨를 가재 잡은 곳에 뿌렸더니 가재들이 냄새를 맡고 코를 발심 거리며 모여들었다.

가재는 새우와 게의 중간형으로 갑각류이며 절지折枝 동물이다. 몸은 새우를 닮았고, 발은 게와 비슷하다. 한데 왜 가재는 게 편이라 하는지 모르겠다. 가재는 디스토마 중간숙주이기에 날로는 금물이니 반드시 삶거나 구워 먹으라고 아버지는 신신 당부하셨다.

가재의 머리, 몸통은 키토산 보고寶庫다. 식용이며 비상용 약재다. 가재 술은 중풍, 구안와사口眼喎斜 초기나 풍風으로 인한 손발 마비, 저림을 치유하는 데 효험이 탁월하다. 가재 즙은 아물지 않은 종기나 여드름에 바르면 깨끗한 모습으로 돌아온다. 열이 날 때 생가재를 짓찧어 식초와 섞어 달인 물을 들고 땀을 빼면 낫는 해열제며, 뇌졸중 초기 증세를 치유하는 신토불이 민방 비상 약재다.

가재는 포란기가 되면 꼬리 쪽에 40~50개 알을 품어 보호한다. 알은 모체에 붙은 가느다란 실(탯줄)로 영양을 공급받으며 자라 5월 초순경에 태어난다. 사람 태어날 때와 흡사하다. 보릿고개이어서 그런지, 산이 헐벗어 그런지 가재 생존율은 적었다.

소나기가 멎으면 버섯 따러 간다. 꾀꼬리, 싸리, 국수버섯을 채취하고 가재골에 들른다. "얘들아, 밥 먹어라." 부서진 버섯과 벌레 먹은 싸리버섯을 찢어 물에 뿌리니 가재들이 꾸역꾸역 모여든다. 작은 가재들은 그 자리에서 먹지만, 어미 가재는 집게다리로 버섯을 집어 아기 개재에게로 간다. 그 모성애는 어쩌면 똑같다.

더 자라기 위해 허물 벗은 술가재는 잡지 않는다. 몸이 허약하니 깻묵 모이를 뿌려줄 때 도토리도 떨어져 데굴데굴 굴러온다. 참나무도 베푼다. 마침 지나가던 노승이 시주 받은 쌀을 뿌리고, 장생 기원하는 목탁소리가 가재골에 메아리친다. 삼라만상 모두 허물을 벗고 새로 태어나라는 메아리다.

가재는 썩은 나무나 가랑잎을 알뜰히 분해하여 일급수로 정화하니 그 물은 마음껏 마실 수 있다. 산행하다 계곡에서 목을 축일 때 마중 나오는 가재를 만나면 그리 반가울 수 없다. 마파람의 추억 배달부가 아닌가!

입맛을 돋우는 대하 소금구이, 간장게장 맛이 일품이지만, 추억에 밴 그 고소한 가재 구이 맛에 견줄 수 없다. 뿐인가, 가재는 민초들의 비상약재며 금수강산 계곡을 지켜 온 산지기다. 온몸을 바쳐 우리 겨레와 함께 온 영물이다. 몸소 허물 벗는 교훈까지 주었으니, 나는 새우도 게도 아닌 가재 편이다.

2017. 3

느르배기

팥죽 새알을 먹고 동지 밤을 지났으니 한 살 더 먹을 날이 멀지 않았다. 배고팠던 나이, 나이 숫자만큼 새알을 꼬박 챙겨 주시던 어머님 정성이 동지를 맞을 때마다 모락모락 피어오른다. 요즘은 배가 고프지 않는데 나이는 꼬박 먹는다. 나이 숫자대로 새알을 먹을 수가 없으니 추억의 숫자만을 삼킬 뿐이다.

유년시절 동지가 지나면 눈이 내리고 마을 어르신들은 납평臘平*행사 준비를 하셨다. 납평 정오正午, 성황당에서 그해 추수 감사와 명년의 풍년 기원제를 지내셨다. 우리도 그날 별도의 행사 준비에 여념이 없었다.

앞집 양달, 옆집 영춘 셋이서 Y자형 나뭇가지를 꺾어 다듬고, 양가지에 홈을 파서 탄력이 뛰어난 붉은 찰 고무줄을 동여맸다. 반대쪽 고무줄 끝은 바가지처럼 오므린 알집을 엮었다. 알집은 질긴 닥나

---

*납평臘平 : 마을 수호신에게 제사지내는 날. 동지부터 세 번째 술戌일

무 껍질 두 겹으로 접어 만든 첨단 장비 부품이었다. 드디어 고무줄 새총, '느르배기'(새총: 강원도 방언)가 완성되었다.

우리는 겨울방학을 앞두고 하학 길에 느르배기 훈련에 몰두했다. 솔방울을 떨어뜨리기도 하고 바위에 작은 돌을 올려놓고 '로빈 후드'처럼 명중시키느라 해지는 줄을 몰랐다. 함께 마을 목공소에 들러 일을 거들고 아저씨가 깎은 목각 새 두 마리를 받아 어깨춤을 추면서 귀가했다.

납일臘日은 참새 잡는 날이다. 아버지께서 성황당 행사로 출타하시면 곧바로 우리들은 마당에 널빤지를 깔고 삼태기를 막대기에 겨워 그 아래 모이를 놓았다. 막대기에 맨 노끈을 사랑방 문창호지를 뚫은 구멍을 통해 방안까지 늘여 놓았다. 담장을 넘어 날아 들어온 참새들을 생포하는 삼태기 작전이었다. 양달은 혹시 스님이 지나가지 않나 밖에서 망을 보았다.

드디어 참새 다섯 마리가 날아들었다. "웬 떡이야!" 하면서도 참새들은 머뭇거렸다. 문구멍으로 내다보는 우리들은 숨을 죽였다. 모이를 먹기 시작하자 노끈을 당겨 몽땅 생포했다. 새장에 가두었는데 어머님이 장에서 돌아오시자, 집에 들어온 새나 짐승들은 손님이니 잡아선 안 된다 하시기에 모이를 먹이고 놓아 주었다. 삼태기 작전은 헛수고였다. 아버님이 오시기 전에 서둘러 문창호지를 감쪽같이 복원했지만 나중에 탄로가 나 꿀밤 세례로 혹이 났다.

오후는 지금까지 연마해 온 실력을 발휘할 때가 온 것이었다. 목각 새 두 마리에 눈을 그리고 깃털을 풀로 붙이니 영락없는 새다. 참새들이 날아드는 나뭇가지에 설치했다. 우선 고드름 조각을 알집에 장전하여 한 눈을 질끔 감고 시위를 당기니 알집을 떠난 고드름 조각은 참새를 향해 날아갔다. 백발백중이었다. 동이족 후예답게 목각 새를 맞춘 얼음이 우두둑 떨어졌다. 참새들이 오기만을 기다렸지만, 참새들이 방앗간에 들렀는지 도무지 나타나지 않았다. '오전에 봉변을 당한 것이 전해졌나?' 털모자에 귀마개를 하고 기다리는 얼굴은 온통 붉은 홍시같이 달아올랐다.

해가 뉘엿뉘엿 질 때 드디어 참새들이 떼 지어 비행하다가 목각 새가 앉은 나뭇가지에 우르르 내려앉았다. 자리가 비좁은지 먼저 앉은 목각 새를 힐끔힐끔 쳐다보았다. 숨 막히는 순간이었다. '이때다.' 고개를 끄떡이는 신호로 각자의 알집에 장전한 고드름 조란환鳥卵丸을 발사했다. 목각 새가 그대로 앉아 있으니 참새들은 영문도 모르고 날다 다시 돌아와 앉자 또다시 날아드는 탄환에 새 한 마리가 탄환을 맞고 떨어졌다. 목각 새였다.

그때 우물을 긷고 오시던 어머님이 기겁을 하시며 "애들아. 새 한 마리라도 죽으면 짝을 잃거나 부모 잃은 새끼가 되니 살생을 해선 안 된다."라며 손사래를 치셨다. 어머님의 만류로 우리는 참새 대신 목각 새를 겨냥해 발사했다. "그만하자. 이러다 참새를 죽이겠다."면서 하늘을 향해 발사하니 고드름이 석양에 비쳐 유성처럼 반짝거렸다.

떨어진 목각 새는 고드름 탄환을 맞아 깃털이 부스러졌고 온 몸은 상처 투성이었다. 찰 고무줄, 닥나무 껍질 알집, 고드름으로 장전한 느르배기의 위력에 내심 혀를 내둘렀다. 내년에 느르배기로 털기 힘든 밤송이를 떨어뜨려 알밤을 맛있게 먹자고 다짐했다.

아버지께서 납일 행사로 저녁에 콩 한 되를 볶았다. 볶은 콩이 한 되를 넘으면 내년은 풍년이랬다. 아버님께서 처마 밑에 고드름이 하나도 없고, 느르배기가 벽에 걸려있는 것을 보시자 또 참새 사냥을 한 것을 눈치채셨다. "철아, 참새는 마을을 살피는 텃새다. 너의 행복이 남의 불행이 되어서는 안 된다. 콩을 조금 남겨 내일 참새에게 주어라." 하셨다.

다음날 아침 나무 아래 잘게 부순 볶은 콩을 뿌려놓고, 어제와는 달리 나도 목각 새도 참새를 기다렸다. 새가슴을 조리며 그렇게 기다려 본 적은 처음이었다. 아침햇살이 나뭇가지에 이르자 참새들이 집을 한 바퀴 돌고 나뭇가지에 앉았다. 자기들을 대신하여 부상을 입은 목각 새를 보고 "괜찮으냐?" 물으며 고개를 조아리고 재잘거렸다.

참새들이 내려와 모이를 다정스럽게 먹다가 목각 새를 쳐다보며 "어서 내려와" 함께 먹자는 눈빛이다. 안 되겠다 싶으니 포르르 나뭇가지에 올라가 먼 산을 바라보고만 있는 목각 새에게 같이 내려가 함께 먹자고 조잘대는 참새들을 보자, "아, 저 참새들을 잡았다면 고아나 짝 잃은 홀로가 될 뻔 했구나!"며 가슴을 쓸어내렸다.

하여 지금까지 참새 포장마차는 들르지 않는다. 이른 봄, 갓 돋아난 차 잎이 참새 혓바닥 같다하여 이름 한 작설차雀舌茶를 마시려면 느르배기로 참새를 맞추려던 때가 떠오른다. 참새는 놀래 날아가고, 목각 새만 찻잔에 어른거린다.

2015. 12

질먹는 날

초록이 무르익을 무렵, 하루 일을 마친 동네 장정들이 느티나무 그늘 아래서 닥나무 밧줄을 엮는다. 마을 축제인 '질먹는* 날'에, 단오제 그네대회에 출전할 선수들을 뽑기 위해 그네를 마련한다. 밧줄을 튼튼한 느티나무 가지에다 매고 아래에 발판을 안장시켜 완성하면 다음날부터 동네 처녀들이 틈나는 대로 모여 그네를 탄다.

20호 남짓한 우리 마을은 모내기와 김매기를 끝나고 단오 직전에 질먹기 날 행사를 했다. 언제부터 유래되었는지 모르지만 강릉 옛 지명인 동예東濊의 무천舞天 행사가 질먹는 풍습으로 이어진 지도 모른다.

질먹는 날 전야제, 마을 사람들이 차양遮陽을 치고 멍석을 편다. 가

---

* 질먹기: 질먹기에서 '질'은 김매기의 '김'에서 유래된 말이다. 김매기를 끝내고 잔치를 벌여 먹는다는 뜻을 내포하고 있다. 질먹기는 두레 형태의 논농사에서 생겨난 뒤풀이 민속으로, 7월 15일 백중날에 술과 음식을 차려 일꾼들의 고생에 보답하는 마을 잔치다. 마을마다 일자는 차이가 있다.

마솥을 걸고, 느티나무를 중심으로 2층으로 꾸민 '질상 과방'은 내일 저녁 연극 무대가 된다. 농악대가 리듬에 맞춰 연습을 하니, 동네 아이들과 강아지들이 덩달아 신명나게 논다. 처녀들도 삼삼오오 모여들어 그네를 탄다. 우리들은 서당 형님들의 지도로 며칠간 연습한 대본을 무대에서 낭송하며 최종 마무리한다. 그믐달이 서산에 걸치자 호롱불이 제마다 집으로 간다.

질먹는 날. 산바람이 보리밭을 지나, 유실수 꽃향기를 싣고 늦게 티를 낸 느티나무 언덕으로 불어온다. 아침 일찍 논물 대기를 마친 청년들이 느티나무 아래로 모여들어 행사준비를 한다. 소머리와 통돼지를 가마솥에 넣고 장작에 불을 지핀다. 집집마다 마련한 음식을 부녀들이 머리에 이고 아들은 거동이 불편한 노부모를 업고 와 상석에 모신다.

반장의 인솔 아래 성황당에서 마을의 풍년과 가정의 무병·무탈 기원제를 지낸 농악대가 느티나무 언덕에 도착하면 질먹는 날 행사가 시작된다. 촌장 격인 서당 훈장이 개회를 선언하고, 반장이 사회를 맡아, 온 동네 모내기가 무사히 끝난 것에 감사를 드리고 작년 성년식을 치른 청년들이 두 몫을 했다며 치하한다.

이어 마을에서 외지로 시집갔던 딸들이 마을 잔치에 참석코자 주과를 갖고 왔다며 일일이 소개한다. 사천으로 시집갔던 '옥출' 누나가 옥동자를 업고 사천 한과를 차려 왔다고 소개하자 마을 사람들이 환호했다. 누나는 3년 전 단오제 그네타기에서 최우수상을 받았고, 나를 귀여워했으니 누나가 그간 보고 싶었다.

집집마다 마련해온 음식과 주과를 과방에서 분배하여 차양 멍석 위에 차렸다. 그날의 주인공 머슴 상床엔 돼지머리가 올라가고, 동동주가 넘실거렸다. 반장의 건배사로 주거니 받거니 하며 잔치는 무르익어 갔다. 시집간 딸들이 새색시가 되어 친정 마을 어른들에게 술잔을 올린다. "이리 와 봐." 하며 할머니들이 손을 잡고 놓지 않는다.

식사가 끝나자 농악대가 한바탕 장기를 보여 준 후 그네 선수를 뽑는 차례가 되었다. 아름드리 느티나무 가지에 걸쳐놓았던 그네 줄을 내리자, 반장이 옥출 누나의 시범 경기를 제안했다. 누나는 극구 사양했지만 사람들의 성화에 못 이겨 그네 앞에 나섰다. 긴 댕기머리가 아닌 비녀를 꽂은 새댁, 핀 침을 옥색 치맛자락 한가운데를 꽂고, 그네에 올라타자 발을 굴렀다. 옥색 치마가 그네를 탄다.

그 그네는 원주를 따라 반원 궤도를 그린다. 가장 적은 횟수에, 정점頂点 앞쪽 가지에 매단 조롱박을 건들면 된다. 반환점에서 팔과 하체를 굽혔다 폈다, 밀고·당기기를 조화롭게 하니 곧 정점에 이른다. 가속도가 붙으니 하강·상승할 때 치마, 저고리가 바람을 일으킨다. 높이 올라 멀리 바라보는 선녀 모습은 과연 옥출 누나였다.

해가 기울자 두레 '품앗이 성년식'으로 집안에 장성한 아들을 둔 집에서 담아 온 농주를 어른들에게 접대하고, 반장이 저녁에 마을 아동들이 발표하는 연극에 많이 참석하시라 당부하고 풍족했던 자리를 끝낸다. 수고했다며 서로 인사하며 헤어지는 데도 한 시간 걸렸다. 이렇듯 상부상조하는 두레 풍습이 마을을 정답게 지켰다.

마지막 행사로 연극이 열린다. 무대에 호롱불이 켜지고 마을 사람들이 모여들었다. 발표자들은 초등학생 남자 셋, 여자 둘 모두 바지저고리에 가면을 썼다. 주제는 지행합일知行合一이다. 형들이 만든 대본을 외우고, 연습을 했을 뿐 뜻은 알 리가 없다. 서당에서 소학小學을 공부하는 과정을 풍자적으로 엮은 것이다. 하필 나는 수염이 달린 훈장 가면假面에다 곰방대를 들고 학동들을 가르치는 훈장 대역을 했으니 진땀이 났다.

예의범절, 며느리의 법도 등에 훈장이 묻고 학동들이 답하며, 꾸짖고 용서를 비는 장면에 관중들은 파안대소破顔大笑 한다. 할아버지 할머니들이 손뼉을 친다. 나는 훈장 흉내를 내며 "아는 것과 실행하는 것을 하나로 합치는 '지행합일'을 해야지."라고 곰방대를 몇 번이나 들었다 놓았는지 모른다.

며느리들은 어둠 속 먼발치에서 바라보며 안절부절 한다. 그 어둠 속에서 지켜보던 옥출 누나가 연극이 끝나자, 내게 다가와 내 손을 꼭 잡으며 "철아, 너 공부 잘하고 있자?" 하다 이내 고개를 돌리고 소매로 눈을 훔친다. 옥출 누나 눈썹을 내가 닮았다는데 볼 수 없었다. 구름을 스치는 달만이 누나가 기쁨의 눈물을 흘리고 있음을 알 뿐이다.

구경꾼 숲에 훈장 손녀가 있었고, 제 앞가림도 못 하는 주제에 내가 훈장 역을 했으니 그날 후, 감히 서당 앞을 얼씬거릴 수 없었다.

요즘 손자에게 소학을 가르치려 소학小學을 대하니 질먹는 날에 연극했던 장면이 자꾸만 눈에 떠오른다. 손자를 가르치기도 전에 왠지 '지행합일'이 귓속에서 왱왱거리지만, 질먹는 날 느티나무 언덕에 베풀어진 마을 인심이 그립다.

2017. 12

고욤나무의 꿈

쪽빛 하늘이다. 무더웠던 여름 기억, 어수선한 사회적 분위기를 잊고자 인근 심학산 둘레길을 찾았다. 전망대에서 바라본 김포평야는 황금빛이다. 자동차들이 임진각으로, 자유로를 시원스럽게 달린다. 여기 오면 가슴이 뻥 뚫린다.

산기슭 아래로 눈길을 돌리니 친구가 경작하는 농원 '석경원' 감들이 주렁주렁 익어가고 있었다. 어서 감나무를 만나야겠구나. 둘레길을 돌고 석경원을 찾았다. 탐스럽게 익어가는 감나무 앞에서 친구가 환하게 웃으며 맞았다. "나, 지난밤 고욤나무 꿈을 꾸었네." 담소하며 꿈 얘기를 했다.

내가 자랐던 고향 개화대開花臺는 사계절 꽃이 핀다. 한바탕 자태를 뽐내며 마을을 채색한 복사꽃이 지면, 양지바른 '고욤나무 서당'에 고욤·감꽃이 핀다. 감꽃이 흰 무명 적삼이라면, 고욤 꽃은 자주색 치마에 흰 모시 저고리다. 늦가을엔 고욤나무 가지에 서리꽃이 핀다. 서리를 맞자 고욤나무가 몸을 달구니 땡 고욤이 검은색을 띈다. 고욤을 쳐다만 봐도 군침이 돈다.

그 서당에서 의관이 단정한 훈장 할아버지가 학동들에게 천자문, 소학을 가르치셨다. 나는 형님 따라 서당에 가면, 매일 밖에서 '쇄소응대진퇴灑掃應對進退' 소학의 학문 기본자세대로 마당에 물 뿌리고 쓸며 대청마루 앞 짚신을 가지런히 한 다음, 고욤나무와 감나무를 맴도는 '진돌이'와 놀았다.

감꽃이 남성다워 뚝뚝 떨어지지만 고욤 꽃은 여성다워 살며시 떨어진다. 청각, 후각이 뛰어난 진돌이는 눈을 지그시 감고 향기를 맡는다. 연한 향기가 마당에 가득하다. 고욤 꽃을 소쿠리에 담아, 봉순 누나한테 준 후 해질 무렵 고욤 꽃목걸이를 우물가에 놓아두면, 그녀가 물 길으러 갔다 목에 걸고 발걸음은 사뿐사뿐, 물동이는 찰랑찰랑 거린다. 뽀얀 얼굴에 화색이 넘친다.

"청출어람청어람靑出於藍靑於藍.* 푸른색이 쪽에서 나왔지만 쪽빛보다 푸르다." 글방에서 할아버지 목소리가 쩌렁쩌렁하다. 고욤나무가 귀를 기우리고 있으니 진돌이가 '나 대신 풍월을 읊어 봐' 꼬리를 흔들며 성화다. 고욤나무가 '빙출어수빙어수氷出於水氷於水'로 화답한다. '얼음氷이 물에서 나왔지만 물보다 차다. 이거지? 그래 이 정도는 돼야지!' 진돌이가 고개를 끄덕인다. 할아버지는 제자가 자기보다 훌륭

---

* 靑出於藍靑於藍청출어람 청어람 氷出於水氷於水빙출어수 빙어수 : 쪽에서 나온 푸른색이 쪽빛보다 푸르고 물에서 나온 얼음이 물보다 차다. 제자가 스승보다 뛰어난 사람이 됨을 의미한다. 중국 전국시대 성악설 창시자인 순자의 권학편勸學編에 나오는 말이다.

한 동량이 되길 바라며 가르치고, 고욤나무는 자기 몸에 접목한 감나무에 고욤보다 훨씬 크고 먹음직스러운 감이 열릴 것을 꿈꾸니, 제자 가르치시는 스승 꿈이나 진배없다.

서당에서 책거리를 한다. 책을 뗀 학동 집에서 공부가 끝날 무렵 정성으로 빚은 절편을 서당에 갖고 오면, 할아버지는 벽장을 열고 고이 간직한 고욤 조청단지를 내와 접시에 조청을 담는다. 대청마루에서 고욤조청에 절편을 찍어 먹으니 별미다. 봉순 누나가 말린 고욤 꽃을 다려 온 차! 절편, 고욤조청에다 고욤 꽃차를 마시니 금상첨화다. 서산 쪽빛 하늘에 노을이 번진다. 훈장 할아버지만 간식으로 고욤 조청을 드시는 줄 알았는데 그렇지 않았다. 책거리를 위해 항아리에 고욤을 재워 보관했었다. 떡 해온 어머니와 학동을 감나무 묘목장으로 안내하여 감나무 세 그루를 선사한다. 홍시용 대봉, 준시용 둥시, 침시 및 곶감용 땡감이다. 효심을 갖고 잘 키우라 당부하신다. 집에서 수확한 곶감을 제찬祭饌에 올려 조상을 모실 수 있게 되었으니 연신 머리를 조아린다. 마을에 효심 감나무들이 점차 늘어났다.

고욤나무는 감들이 주렁주렁 열려 수확할 때까지 잎사귀에 가려 지낸다. 고욤의 떫음은 둘째라면 서러워한다. 땡감이 기가 죽을까 봐 모습을 드러내지 않았다. 감을 따고 찬 서리가 내려서야 비로소 모습을 드러내는 고욤. 기다리는데 이골이 났으니 어머니 심성이다. 서리를 맞으며, 떫음이 떫을수록 더 달디 단 맛으로 되니 모정의 분신이다.

할아버지께서 잘 자란 고욤나무 줄기를 사면斜面으로 자르고 십자

로 쪼개, 감나무 가지를 배꼽에 입 맞추듯 접목한다. 그러니 모태母胎
는 고욤나무다. 고욤나무는 감나무를 품에 안고 키운다. 쪽빛 하늘을
바라보며 키운다. 접목 감나무가 책을 뗀 학동 집으로 이식할 때, 서
당 고욤나무는 '청출어람, 빙출어수' 꿈이 이루어지길 기도했으리라!

할아버지께 왜 고욤나무에 감나무를 접목하는 지를 물었을 때 "접
목은 고욤나무 모성과 감나무 부성을 접하는 거란다. 고욤나무에 접
한 감나무는 뿌리가 튼튼하여 감이 잘 열리지만, 접목하지 않은 감나
무는 씨 많은 돌감(야생감)이 다닥다닥 열려 곶감 . 홍시를 만들 수 없
단다."며 내 머리를 쓰다듬으셨다. 짜릿했다. 감나무 모태가 고욤나무
인 까닭을 할아버지에게서 배웠다.

석경원 감나무에 실한 감들이 주렁주렁 열렸으니 파보나마나 뿌리
는 고욤나무다. '청출어람 · 빙출어수' 세월을 이겨내며 탐스런 감을
탄생시킨 고욤나무 꿈이 여기서도 이루어졌으니 대견스럽다.

고욤나무 꿈 덕분에 한 보따리 감을 갖고 귀가하는 길, 가을 하늘
이 마냥 쪽빛이다.

2016. 10. 21

2부
손톱깎이

천수답天水畓

쌀! 쌀은 삶을 위한 결정체이다. 부富를 상징하고 상거래의 척도이다. 시어머니가 며느리한테 아침밥은 쌀 얼마로 지으라고 얘기한다. 며느린들 모르랴. 그만큼 쌀은 재산의 징표였다. 쌀을 만나기 위해 힘든 보릿고개를 넘었다. 쌀이 모자라니 밀주 단속을 했고, 혼混 곡식穀食, 분식을 장려했으며, 고구마 주정酒酊을 개발했다고 떠들썩했다.

통일벼 종자를 개발해서 곳간의 시름이 덜어 지려나 했는데, 산업 근대화 후 수출 대가로 쌀이 수입되자 농민들의 가슴은 숯이 되었다. 최근 '철원 오대쌀을 비롯하여 여섯 품종의 쌀 100톤이 수출 선적이 되다'는 보도를 접하자 격세지감을 느꼈다.

유년시절엔 밭보다 논을 선호했다. 보리가 진골이라면 벼는 성골이다. 논이 많은 마을을 부촌이라 했다. 아들이 장가들어 출가시킬 때, 부자富者가 아니면 논 몇 마지기를 떼어 주는 것은 상상도 못할 일이었다. 그때 아버지께서 사정이 딱한 마을 사람에게 보증을 서 주셨는

데 잘못 되어 금싸라기 같은 논을 겨울에 팔아야만했다. 청천벽력이
었다.

　스님이 시주하러 오면 보리쌀을 줄 수도 없고, 아들 생일날, 미역국
에 보리밥을 해 줄 수 없게 되었으니 아버지의 한숨 못지않게 어머님
의 애간장은 새까맣게 타셨으리라. 내년은 그렇다 치더라도 내후년이
문제였다.

　마침 집에 암소가 송아지를 낳았다. 기쁜 출산이었다. 소 두 마리를
키우는 게 낙이었다. 하지만 가을에 채워놓아야 할 쌀독은 빈 채였다.
일 년 내내 키워 살찐 소 두 마리를 팔고 송아지 두 마리를 사셨다.
나머지 돈으로 산 넘어 산자락 사이 천 평 남짓한 다랑논을 사셨다.
뙈기논인들 어떠랴. 나의 유년시절을 모지게 일군 천수답이었다. 부모
님께서 천수답 땅문서를 쥐고 기뻐하시던 모습은 평생 잊을 수 없다.

　천수답은 하늘의 도움을 받아야 한다. 개천, 도랑물이 없으니 하늘
만 쳐다봐야 한다. 모내기철에 논물이 첫째 걱정이고, 당장 일할 소가
없으니 논을 가는 것이 문제였다. 부모님과 함께 고개 너머 천수답을
보러갔다. 숨차던 '깔딱 고개'였지만 새로 산 논을 보러 가는 길이라
비호같았다. 한데 논 앞에 선 아버지는 연신 담배를 피우셨고, 어머니
는 만 평 남짓한 산골자기 하늘을 쳐다보셨다. 물 걱정이 태산 같아
보였다. "어머님! 2월에 눈이 많이 오니 눈 녹은 물을 가두면 되잖아
요?"

　그날 저녁 산山 주인을 찾아가 논 위에 물막이 보洑 공사 허락을 청
했다. 산 주인은 "가뜩이나 보증 날벼락으로 고뇌가 심하셨을 텐데

그것쯤 못 도와주겠느냐? 왜 진작 그 생각을 못 했는지 모르겠다.”면서 흔쾌히 허락하였다. 여기서 끝나는 것이 아니고, 마을 사람들과 소를 동원하여 물막이 공사를 독려하였다. 뜻밖의 일이라 너무 고마워 어쩔 줄 몰랐다. 골짜기가 호리병처럼 생겨서 통나무와 돌에 흙을 다져 이틀 만에 보를 만들 수 있었다. 훈훈한 마음이 엄동설한 추위를 녹여 주었다. 아버지의 한숨 소리는 사라졌다. 2월에 영락없이 눈이 내려 한 길 이상 쌓였다.

산골찌기 봄은 꾀꼬리 소리로 외롭지 않았다. 진달래꽃이 어우러질 때 천수답·다랑논에 작은 못자리를 만들었다. 소가 없으니, 산에서 벤 떡갈나무 잎을 논에다 뿌리고, 삽과 괭이로 흙을 뒤집었다. 보에 고인 물로 논물을 대었다. 물이 언제 고갈될지 모르니 못자리의 모는 들판의 모보다 더 키워 논에 깊게 심어야 했다. 일을 마친 후 찔레 애순을 꺾어 먹으며 허기를 채웠다.

그해 봄은 가뭄이 심했다. 여느 천수답은 모내기를 못했다. 바닥이 거북등이었다. 하지만 천수답용 봇물과 듬뿍 준 퇴비 덕으로 벼는 쑥쑥 잘 자랐다. 논물의 증발을 막고자 떡갈나무 잎을 베어와 버 이랑을 덮었다. 비가 안 오더라도 밭벼로 자랄 수 있게 되었다. 모도 깊게 심었기 때문이다. 천수답에 흘린 땀방울만큼이나 천수답을 부치기가 쉽지 않았다. 한가로이 풀을 먹는 송아지를 바라보며 땀을 씻었다.

동틀 녘에 깨어나 눈을 비비며 지게를 지고 논에 갔다. 진돌이가 앞질러 가며 꼬리로 이슬을 털어주고, 초승달은 별을 담고 있었다. 논

둑에 심은 콩 주위를 매고, 돌아오는 길에 송아지 먹일 꼴을 베어 왔다. 내가 의당 해야 할 일이니 외면할 수 없었다. 밀짚모자를 쓴 초동樵童의 이마엔 땀이 송골송골 맺혔다.

학교 가는 길에 자꾸만 산 넘어 천수답 쪽으로 눈길이 갔다. 수업 시간에 '선녀와 나무꾼' 동화를 읽었다. 하학 길에 "자식들이 많았기에 어머니는 선녀가 될 수 없었을 거야."를 되뇔 때 암비둘기와 숫비둘기가 짝 지어 산등 너머로 날아가고 있었다.

그해 추석, 천수답 한 평의 벼를 미리 수확하여 차례를 지냈다. 근일 년 만에 이밥을 먹을 수 있었다. 고봉밥이었다. 천수답 부근은 메뚜기 천국이어서 앞 집 동생과 함께 메뚜기를 잡아 단백질을 보충했다. 천수답의 벼를 수확한 후, 어머니께서 오랜만에 쌀보리 도시락을 싸 주셨다. 점심시간을 기다리느라 좀이 쑤셨다.

늦가을에 천수답에 보리와 월동초를 심어, 봄이 나자 어머니는 월동초와 달래, 냉이를 캐 장에 내다 팔았고, 늦봄에 보리를 수확하고 서둘러 모를 심었다. 천수답이기에 논, 밭을 겸한 이모작이 가능했다. 아버지는 한 여름 참외밭 농사로 바쁘셨다. 매년 송아지 두 마리를 키워 팔았다. 천수답 이모작을 지속한지 삼년 만에 보증 때문에 팔았던 논을 되돌려 사셨다. 아버지께서는 어머니의 손을 잡고 뜨거운 눈물을 흘리셨다. 지성이면 감천이라더니, 저녁노을이 붉게 타 올랐다.

오로지 천수답에 희망을 걸고 고단한 삶도 마다하지 않을 곤궁했던 시절, 산 주인의 도움으로 하찮은 천수답이 이모작이 가능한 논·

밭으로 변신될 수 있음을 체험했다. 또한 체념과 좌절을 딛고 일어나 시도록 아버지를 내조하는 어머니의 강인한 정신력을 몸소 느꼈다.

천수답! 천수답은 더 이상 천수답만은 아니었다. 해서 하늘을 탓하지 않는 '천수답 인생'을 나의 귀감으로 삼았다.

2016. 2

탯돌

우리 집 마당에 들어서면 먼저 눈에 띄는 것이 돌배나무 아래 탯돌이다. 탯돌은 큼직한 쑥돌 윗부분에 정釘으로 요철凹凸을 만들고 다듬은 것으로, 타작할 때 도리깨와 함께 없어선 안 될 농기구였다. 할아버지께서 물려주셨다. 탯돌은 비가 오나 눈이 오나 우리 집의 수호신으로서 마당을 지켰다.

탯돌이 이삭을 타작을 하는 날에는 영락없이 멍석 위에 좌정한다. 매 맞을 각오가 단단히 선 듯 의연하다. 농사지은 분들에게 곡식을 안겨주는 일이니 매 맞는 것쯤이야 거뜬히 견딜 수 있다. 아버지께서 보릿단 묶은 부분을 잡고 도리깨질 하듯 어깨너머로부터 휘둘러 내려쳐 낟알을 턴다. 오목한 요철에서 낟알이 깨지지 않고 털린다.

탯돌은 몸이 근질근질하니 이왕이면 좀 더 세게 곡식을 털라고 한다. 보릿단을 아무리 세게 쳐도 눈 하나 깜짝 않는다. *끄떡없다.*

탯돌이 자기 품을 떠나는 낟알을 바라보니 낟알의 옷을 홀랑 벗기는 절구통이나 방앗간 확이 알밉다. 그들에 비하면 자기 처지가 군자다운 풍채를 지킬 수 있어 다행으로 여긴다. 타작을 마치면 탯돌을 빗자루로 털고 걸레로 깨끗이 닦아 제자리에 놓는다.

탯돌은 타작용만이 아니라 여러 가지 쓰임돌이다. 학교에서 돌아오면 놀기 위해 방에 들어가지 않고 책보를 탯돌 위에 맡긴다. 어머니께서 장에 가실 때는 탯돌에 올려놓은 머릿짐을 이고 일어나는 일을 탯돌이 받쳐주어 도왔다. 이렇듯 탯돌은 살림꾼 도우미며, 형제들이 들락거리며 누가 무얼 하는지 알려주는 연락처이자 임시 보관소였다. 돌배를 딸 때는 디딤돌이었다.

이 탯돌이 나와 특별한 인연을 맺었다. 느닷없이 중 2학년 여름 방학기간에 아버님으로부터 휘파람 지도를 받게 되었다. 한 번도 아버님 휘파람 소리를 들어보지 못했는데, 아버님은 내심 나를 휘파람 후계자로 지목하신 것이다.

휘파람을 배우기 이전에 탯돌에서 가부좌를 하고 단전호흡을 반복했다. 복식호흡은 그리 쉬운 것이 아니었다. 일주일 단전호흡을 하니 배꼽에서 뜨거운 불덩이가 솟아났다. 탯돌이 하늘의 기氣를 끌어내리고, 땅의 기를 끌어올려 단전에서 천지인天地人 기를 생성시켜준 것이다.

휘파람 연습 단계로 혀끝을 치아 아랫잇몸에 대고, 입을 오므려 숨을 길게 내쉬니 소리가 났다. 순음脣音이었다. 복식호흡으로 숨쉬기가 끊어짐 없이 내 쉬며 들어 쉬며 순음을 낸다, 소리가 연속으로 이어지며 떨림이 없는 고운 음이 될 때까지 굴밤도 많이 먹었다. 저음에서 고음까지 소화하는데 열흘 걸렸다.

온음과 반음을 연습한 후에, 치아로 부는 탁음濁音을 지도 받다보니 한 달이 후딱 지났고 목은 퉁퉁 부었다. 음률의 악보는 문단이 문장을 이루는 것과 같다 하셨지만 그때는 뭐가 뭔지 몰랐다. 멀쩡한 애를 고생시킨다고 어머님은 애간장이 타셨지만 아버님은 댓돌처럼 요지부동이셨다. 부은 목에 물찜질, 달걀로 문지르느라 어머님은 밤을 지새우셨다

단전에 천지의 기가 쌓였고 폐활량도 커졌다. 복식호흡으로 음률이 끊어짐 없이 휘파람을 불 수 있게 되었다. 실습한대로 댓돌에 앉아 휘파람으로 도라지 타령을 완벽하게 부르자 아버님은 기뻐하셨다. 이제부터 이것을 기본으로 갈고 닦으면, 훗날 반듯이 배운 보람이 있을 날이 올 거라 하셨다.

휘파람을 불면 뱀이 온다고 해서 일체 불지 않다가, 대학 기숙사 시절 혼자 있을 때 복식호흡 휘파람을 다시 연마했다. 저음과 고음을 오르내리며 가곡과 아리아를 자유자재로 부를 수 있으니 마치 댓돌을 탄 듯했다.

회사 재직 중 원료 구입난을 해결하러 구매 팀 일원으로 일본으로 출장 갔지만 협상은 난항이었다. 스카이라운지 만찬에서 원료 공급사 사장의 제의로, 관현악단 협주와 함께 휘파람 '남 몰래 흐르는 눈물'에 이어 앙코르로 '별이 빛나는 밤에, 황태자의 첫 사랑' 아리아를 부르니 환호하는 관객 속에서 부모님 모습이 아른거렸다. 그날로 구매 물꼬를 텄다.

아버님은 탯돌에서 외강내유外剛內柔를 어머님은 외유내강外柔內剛을 베푸셨다. 하여 나에게 기氣와 폐활량, 휘파람 인연을 안겨준 탯돌을 부모님 산소에 안치했다. 산소를 찾을 때마다 탯돌에 앉아 휘파람으로 가곡 '그리움'을 불면, 부모님 발자국 소리가 들리는 듯하다.

훗날 하늘이 나를 부르면 이곳에서 아버님과 함께 휘파람 이중주二重奏를 어머님께 들려 들려드리리라. 청아한 선율이 어머님을 감싸 돌아 탯돌에 머물면, 탯돌은 우리를 태우고 고향집 마당 돌배나무 아래로 가리라.

2015. 8

불씨

　농장 명칭 공모 심사에서 '반딧불 농장'이 대상으로 선정되었을 때 나의 심장은 멈춘 듯했다. 형설지공螢雪之功으로 농사를 짓는다? 오! 쾌재로다!

　Y2K를 맞아 세상이 떠들썩할 즈음, 나는 당진 소재 신설 제철소로 부임하여 사원아파트의 한 주민으로서 새 천년을 맞았다. 공장 정상화 지연과 IMF 직격탄을 맞아 직원 사기가 땅에 떨어졌다. 사원아파트 어딜 돌아봐도 슬럼가 같았다. 나는 이 동토凍土를 녹이기 위해 적토마赤土馬를 타고 달려온 초인은 아니었으나, 생기를 잃은 가정에 희망과 웃음을 안겨주고 싶었다.

　아파트 뒤 산자락 밭 800평을 회사에서 임차하고, 사원아파트 주민들에게 농장 명칭을 공모했다. 새로 조직된 부녀회와 간담회에서, 농장 이름 심사 경과 발표와 더불어 나의 소망도 말씀드려 농장 최종 명칭은 '반딧불 한아름 농장'으로 명명되었다. 반딧불이 날아다니고,

한아름 수확하는 친환경 농장을 부녀들이 일구어 낸다? 녹녹치 않았다. 더군다나 단시일 내에 반딧불이 나타난다는 것은 꿈만 같은 애기다.

유기농 경작 안을 마련하여 일주일 후에 논의하기로 하였고, 부녀회장을 중심으로 동 별 자원봉사자들을 모집했다. 내심으론 헝클어진 짚단에 불을 지필 불씨를 만들 속셈이었다.

일주일 후 주민회의가 열렸다. 열띤 토의 결론은 '반딧불 한아름 농장이 되기 위해선 농약과 제초제 사용을 금하고, 유기농 거름은 회사에서 일괄 지급하되 파종 씨앗은 세대별로 마련한다. 경작지 분양은 동 별로 추첨한다.'였다. 추첨한 농지가 게시판에 공지되었다. 파종식을 앞두고 세대마다 고향을 방문하고 종묘원에서 씨를 구하느라 분주했다.

밤 9시면 자원봉사자들은 일과를 마치고 회관에 모였다. 치음엔 건의사항이 줄을 이었다. 나는 그들이 불씨가 되기를 간청하였는데, 그들은 한수 더 떠 내가 부싯돌이 되어주길 바랐다. '불씨와 부싯돌?' 흔쾌히 허락했다.

불씨들은 밤늦게까지 유기농법을 공부하고 목초액을 준비했다. 파종식을 시발로 1년 농사가 시작되었다. 의욕은 대단했지만 사전준비 부족 등 시행착오가 많았다. 하지만 얼어붙었던 분위기에서 대화의 장을 이끌어 낸 것만으로도 큰 수확이었다.

연말 영농 평가 후 불씨들은 영농 포상을 받을 형편이 안 되어 스스로 포기했다. 땀 흘리며 풀과 벌레들과의 사투가 물거품이 되다니!

무엇보다 불쏘시개의 역할이 미흡했음을 절감했다. 아! 반딧불은 허황한 꿈이었나…

불씨들은 좌절을 딛고, 보다 알찬 '2년 차 계획'을 세웠다. 교류 확대 차원에서 동涸별 추첨이 아닌 통합 추첨을 했다. 경작 방법과 영농 평가 방안을 재수립 했다. 인접한 여덟 세대마다 가운데에 정전법井田法 같은 공동 경작지를 두었다. 이웃된 밭에 풀이 있거나 물 주기가 제때 이루어지지 않으면 감점을 받게 되었다. 이것이 주효하여 협동농장의 발판이 마련되었다.

다들 공동 경작지에 상추, 고추, 가지, 시금치 등을 잘 키워 독신자 식당에 제공되었다. 그러나 불씨들의 열정에도 불구 반딧불은 나타나지 않았다. '꼭꼭 숨었나 보다. 그래! 쉽게 나타나지 마라. 지금은 때가 아니다.' 불씨들의 프로 기질 발휘는 아직도 역부족이라 생각되었다.

가을에 대관령 고랭지 답사에서 보릿고개를 넘긴 원동력이 무엇인지 체험하고, 불씨들은 3년 차 계획을 앞당겨 수립했다. 불씨들은 토양 체질, 병충해 예방법, 윤작법을 연구했고, 남들처럼 하는 농법을 탈피하고자 3모작 시뮬레이션(Simulation)을 거듭했다. 냉이·달래, 월동초(영동지방 유채의 다른 이름) 재배법 터득에 형설의 공을 들였다. 그런, 이 정도는 되어야지!

경작지 토질은 개량되었고 주위 산자락은 자연 본연의 모습으로 되돌아가고 있었다. 개똥벌레 유충이 살아날 예감이 들었다. 나는 독신자들과 산자락 비탈에 국수호박과 고지박을 심었다. 3년차 계획은 일사불란하게 추진되었다. 퇴비장에 퇴비가 쌓이고, 공동 경작지의 허브는 병충해를 퇴치코자 진한 향기를 뿜어댔다. 불씨 못지않게 불쏘시개들도 농작물과 교감을 주고받았다. 농작물도 보살핌의 신세를 아는 지 쑥쑥 자랐다. 인지상정이었다.

2002년 여름 저녁, 아파트 잔디 공간 대형 스크린 앞에서 월드컵 4강 기원 맥주를 터트리며 "대한민국!"을 연호했다. 잠자리에 들려는 데 문 두드리는 소리, 부녀 회장이었다. 농장에 불이 붙었다는 것이다. 불? 달려가 보니, 농장에 불씨. 불쏘시개들이 모여 '불이야! 불이다! 반딧불이다!' 환호하였다.

불씨들은 부싯돌에게 달려와 허공을 가리키며 환희의 눈물을 흘렸다. 반딧불이가 주위를 맴돌며 "우리, 우리 집에 왔소!"라며 군무群舞를 하지 않는가! 불씨들의 줄기찬 신념이 마침내 기적으로 승화한 것이었다. 장관이었다.

눈물이 범벅된 불씨들의 눈동자에 반딧불이 반사되어 야광주처럼 빛났다. '언제 오시려나?' 이때를 학수고대 했던 '고갱이 불씨' 부녀 회장은 아예 울음을 터트렸다. 돌섬 부싯돌도 '형설의 공' 팡파르에 기쁨의 눈물을 흘렸다. 초승달이 미소를 지으며 축하했다.

그해 수확은 대풍, 당연했다. 달덩이 박은 연포탕으로 식탁을 승격시켰고, 국수호박은 영농 수상자와 불씨들의 관상용 상품이 되었다. 공장도 분야별 불씨들의 분발에 힘입어 정상화가 되었다. 액면가를 밑도는 주식이 세배로 뛰었다.

회사는 연말에 농장을 장기 임대하여 '형설의 공'에 답례했다. 그

소식을 접하자 불씨들은 얼싸 앉고 기뻐하며 자신들과의 싸움에서 이긴 '형설의 공'을 만끽했다. 그들은 상여금 대신 주식을 받은 우리 사주 주주들이었다.

　불씨들이 눈이 쌓인 '반딧불 한아름 농장'에 모였다. 3모작의 마지막 주자走者 월동초를 살펴보는데, "우리, 봄맛을 돋우는 한 아름의 야채 꿈을 꾸자구나!" 월동초·냉이·달래가, 개똥벌레 유충들의 '반딧불 향연 꿈'을 깨울까봐 소곤거린다.

2015. 7

다물多勿

떠오르는 태양을 바라본다. 너울지는 파도를 타고 태양 속으로 날아가는 갈매기는 검은 새다. 일몰 전의 태양을 향하는 기러기도 검은 새다. 하늘을 가로지르는 중천 태양을 가리는 새는 마치 다리가 셋으로 보이는 삼족오三足烏로 태양을 숭배하는 토템 사상의 신앙 상상 조이다.

요즈음 밤늦게 재방영(Done-CH) 하는 사극 '주몽과 바람의 나라'를 보는데 푹 빠졌다. 주몽, 유리왕, 대무신왕 3대에 걸쳐 북방 영역을 되찾는 장면을 보면 볼수록 핏속에 '다물* 정신'을 느낀다. 유민들을 이끌고 한나라와 부여에 맞서 '다물' 기치 아래 단군조선의 태평성국 영광을 되찾는 신전이나 막료 회의실에는 삼족오 휘장이 등장한다. 주몽이 한 번에 세 개 활을 쏘아 명중하는 광경을 보면 통쾌

---

* 다물多勿: 옛 땅을 되찾음이란 뜻의 고구려 말. 되찾는다. 되돌린다.

하다. 유화 부인의 살신성인殺身成仁은 주몽으로 하여금 한나라 철기군을 초토화시키니 동이족답다.

주몽과 다물꾼 조의선인卓衣仙人들은 한나라로 인해 흩어졌던 배달겨레 부족들을 규합 복속시키며 강건한 국가를 건국한다. 드라마지만 속이 후련하다. 19대 광개토대왕 대에 이르러는 민족의 발상지까지 영역을 되찾는다.

다물과 나의 인연은 1990년도 도봉산 아래 다물 민족 교육원의 산업지도자 의식 과정에 참여함으로써 시작되었다. 교육원장은 21세기 다물 의병대장으로서 기상이 넘쳐흘렀고, 교관들은 입소자들에게 올바른 역사관 정립을 바탕으로 국가 사회에 대한 책임과 역할을 자각시키고 공동체 의식을 함양시켰다. 야간 담력 훈련을 지도하는 여 교관들은 신출귀몰하는 고구려 조의선인들이었다. 강인한 그녀들의 호신술에 혀를 내두를 지경이다.

교육을 이수한 기수별로 다물회가 조직되었고, 우리 민족의 발자취를 따라 '광개토대왕 비문' 탐사에 이어 백두산 천지에서 푸른 하늘을 향하여 핏방울 술잔으로 천손天孫의 후예로서 다물꾼 소임을 맹세했다. 광복군이 활약했던 대성학교를 거쳐 일송정에서 선구자를 불렀으며 상해 임시정부 청사를 방문했다. 나는 요령성에서 모형 광개토대왕비를 모셔 왔고, 단월드 조의선인 수련과정에서 받은 천부경天符經 패를 거실에 비치했다.

국가가 전란을 당하면 단군조선의 천지화랑天地花郎을 시초로 고구려 조의선인, 일제 강점기 독립군은 국가 수호를 위해 분연히 일어섰다. 21세기를 맞아 위기 돌파를 위해 다물 정신을 기업문화에 접목했더니 사풍이 쇄신되었고 품질 경쟁력이 괄목하게 신장되었다.

2003년 우랄산맥에 가는 행운의 기회가 있었다. 그곳 이역에서 천손 단군의 하늘을 우러러보니 태양 속으로 삼족오가 날아간다. 지축을 울리며 평원을 달리는 말발굽 소리, 허공을 가르는 활시위 소리가 들리지 않는가! 배달겨레의 심장은 마냥 뛰었다.

2001년도 다물 민족학교가 다물 평생교육원으로 지리산 자락에 교육관과 선무대를 개원하는 날, 나는 삼족오를 연상하며 고향의 오죽烏竹으로 기념식수를 했다. 오죽은 서식지를 떠나면 다음 해의 죽순은 오죽 순이 아니라 푸른 죽순이 되는 게 상례인데 혹시 그렇게 되지 않을까 노심초사했다. 다음 해에 방문하는 나의 관심은 오로지 오죽에만 쏠렸다. 가자마자 식수한 곳을 살폈더니 오죽이 조의선인처럼 반겨주는 게 아닌가. 너도 천손 후예로구나! 가슴을 쓸어내렸다.

다물 평생교육원 강기준원장님은 사회 각계에 의병대원 불씨들을 양성 배출하는데 혼신의 열정을 쏟고 있다. "빚더미 속에서도 역사학교를 꾸려온 21세기 의병대장"이란 기사로 동아일보에 게재된 바 있다. 국가가 할 일을 홀로 짊어지고 고군분투하신다.

한반도에서 끊임없는 외침에 대항하며 고유문화를 지켜왔지만, 일제강점기로 인해 종래는 민족 분단 아픔을 겪고 있다. 중국은 조공朝貢 운운하며 동북공정이란 역사 왜곡 정책으로 돌변했고(조공은 고대 중국이 단군조선에게 공물을 바쳐 생긴 말), 일본은 어처구니없는 독도 영유권 주장 억지는 날로 더해가고 있다. 일본 총독이 물러가며 한국은

30년 식민지 교육에 물들었기에 100년간을 헤매며 자중지란에 빠질 것이라며 다시 돌아온다고 했다. 몸서리치는 폄하에 편승하듯 국가 정통성을 담아야 할 국사 교과서는 좌편향 사학자들에게 휘둘리고, 역사관마저 부정하는 일들이 점철되고 있다.

사회 전반의 일그러진 모습을 바로잡고 악순환의 고리를 끊을 때다. 국론을 하나로 묶고, 나아가 천년대계 기틀을 모색한 청사진을 청소년들에게 물려주어야 함이 우리 의무가 아니겠는가? 우리는 에너지가 넘쳐흐르는 민족이다. 새마을 운동으로 보릿고개를 넘었듯이 교육부터 제대로 한다면 기술, 문화, 경제 강국으로 우뚝 설 수 있는 배달겨레다. 자신감을 되찾아야겠다.

복지정책에 솔깃하여 눈동자를 굴리는 노인들에게 다물 의식 교육을 생각해 본다. 과거와 현재를 제대로 인식하고 몸과 마음을 추슬러, 옛 영토는 못 찾더라도 선조들이 남겨놓은 홍익인간을 되찾는 대열에, 앞장서야 하지 않겠는가? 다물, 다물, 다물!!

2015. 9

황금분할

거울을 보니 눈썹에 서리가 내리고 있었다. 머리에 서리가 내린 지 얼마 되었다고 눈썹에도 희끗희끗 내렸다.

하기야 지붕에 눈이 쌓이면 처마에도 고드름이 생기는 법이지만 씁쓸했다. 거울에서 한 발짝 물러나 풍광이 스쳐간 얼굴을 유심히 보는 순간 황금분할黃金分割 도형이 눈에 띄었다. 머리 정수리와 턱 사이의 귀, 이마 상단과 코 사이의 아미, 아미와 코 사이 눈, 코와 턱 사이의 입. 모두 황금분할 지점에 있었고 각각 그 자체도 황금분할로 이루어져 있었다. 아니 이럴 수가!

거실에서 손가락을 쥘락[券]·펼락[手]했다. 손이 얼굴이나 다름없으니 어디 한 번 손바닥과 손가락을 쭉~ 펴서 자세히 살펴보았다. 엄지에서 새끼손가락까지 모두 손가락 길이와 손바닥 손목 중앙 점까지의 길이 배율이 황금분할이었다.

다시 뒤집어 주먹을 쥔 채 살펴보니, 손등 아래로 접힌 각각 손가락 마디와 손가락 마디 방향의 손등 길이 비율이 또한 황금분할 비율이었다. 나도 모르게 손이 떨렸다. 얼굴과 손에 모두 황금분할이 있었다. 다시 한 번 놀라 어안이 벙벙했다. 조상께서 물려받아 부모님께서 황금분할 문양을 손에도 그려주셨다. 내 자식에게도. 유전자 족보를 지금까지 알지 못하고 지났던 게 부끄러웠다.

인간의 체형에서 얼굴(머리에서 턱까지)과 신장의 비가 8:1이 되면 팔등신 또는 팔두신이라 한다. 신체의 밸런스를 측정할 때 이 두신지수 頭身指數가 기준이 된다. 가장 이상적인 타입, 건강한 미인 표준스타일이 팔등신인데, 빼놓을 수 없는 것은 얼굴 요체(눈, 코, 입… 등)의 황금분할이다. 모체에서 영양을 공급받는 탯줄의 연결 점, 배꼽은 신장의 황금분할 지점에 있다.

고등학교 기하학 시간이었다. 선생님께서 팔등신과 황금분할에 대하여 설명을 하셨다. "황금분할 도형은 삼라만상 우주에서 가장 아름답고 안정된 배율이다."라고 하시면서 나중에 배필을 구할 때 참고하라는 말씀이 생각난다. 짜리몽땅한 내가 황금분할 팔등신 처녀를 고른다는 것은 언감생심焉敢生心* 이어서 체념했다.

황금분할(Golden Section)은 신성비례神聖比例라기도 할 만큼 자연의 조화가 잡힌 배율이다. 직선에서 황금분할 점에 대한 비比 값은 0.61803…이다. 이 값을 '황금비'라 하며 고대 그리스에서 처음 발견하였다.

---

* 언감생심焉敢生心 : '어찌 감히 그런 마음을 먹을 수 있으랴'는 뜻으로 쓰이는 말

황금분할 예例로 라오콘 상像*을 사진으로 살펴보면 대각선강의 주상主像을 중심으로 좌상, 우상 셋은 황금비인 직사각형 내에서 대소大小 세 개 상의 모양, 움직임, 위치가 모두 황금분할 원리를 따르고 있다. 가히 경이로운 작품이다.

시각에 호소하는 도형이나 입체 등에서도 황금분할을 중요시하여 르네상스 시대에는 건축, 조각, 회화, 공예 분야에 활용되었다. 특히 세상에 잘 알려진 '레오나르드 다빈치' 작 '모나리자와 최후의 만찬'은 황금분할 구도로 되어있다. 자연의 미가 흐르는 우리나라 사찰 단청과 처마의 이음새도 황금분할이 적용되었다. 미륵불의 눈동자와 입술에서 풍기는 잔잔한 미소는 자비심의 황금분할이다.

황금비는 생활 속에서도 허다하다. 자연의 조화가 잡힌 해바라기 열매, 솔방울, 씨앗의 형상에서도 찾을 수 있고, 일상생활의 신용카드, 지갑, 명함, 엽서, 방패연 등 모두가 두 변의 비가 황금비에 가깝다. 정물화, 인물화, 사군자도의 배치는 물론 의관衣冠에서도 황금분할을 추구한다. 디자인의 구도를 잡을 때 황금분할을 염두에 둔다. 방패연의 가로 세로 비율도 황금 비율이다.

아름다움을 선호하는 인류를 위하여 성형의사, 생물학자, 건축가들

---

* 라오콘(Laokoon)상 : 그리스 헬레니즘기(期)(BC150~BC50년)의 대리석 조각. 높이 2.4m. 라오콘은 아폴로를 섬기는 트로이의 신전의 신관神官이다. 트로이의 전쟁 때 그리스군의 목마木馬를 트로이 성안에 끌어들이는 것을 반대하였기 때문에 신의 노여움을 사, 해신海神 포세이돈이 보낸 두 마리의 큰 뱀大蛇에게 두 자식과 함께 졸려 죽었다. 조각은 큰 뱀에게 막 졸려 죽으려고 하는 라오콘과 두 아들의 마지막 고통과 격노를 표현하고 있다. 조각자는 인물 3인을 조각한 거성巨匠 3인이다. 조각은 로마 바티칸 미술관에 소장되어 있다.

이 부단히 황금분할을 응용하고 있다. 사진을 찍을 때 프로는 황금분할 기법을 활용한다. 공간의 조화가 담겨진 사진은 답답하지 않고 오래 두고 보아도 실증나지 않는다.

음률, 특히 우리 농악의 장단 가락에도 황금분할이 있어 듣고 보는 이로 하여금 신명 나게 한다. 대부분 물건을 선택할 때 여러 가지 직사각형 중에서 가장 정돈된 황금 사각형을 무의식중에 즐거이 선택한다고 한다.

조화를 추구하는 황금분할! 인성 교육을 바탕으로 한 지식 교육, 현재를 기저로 한 미래를 위한 투자, 정쟁과 지역성을 벗어나 사회 전반적인 안정성 추구 등 황금분할 정책이 이루어져야 하지 않겠는가?

대물림 받은 DNA. 황금비가 내 분수에 딱 맞다. 중심에서 약간 비켜나서 미련을 털어버리고 3분의 2를 정점으로 해야겠다. 여생 목표가 생겼으니 마음이 차분해진다.

2016. 1

대리만족

집안에 잔소리꾼 없으니 구속을 벗어난 자유인이다. 기지개를 펴며 모처럼 여가를 즐긴다. 한데 며칠이 지나면서 공허 속에 덩그러니 서 있는 나다. 혼자 사는 방법을 터득해야 한다고 남들한테 마냥 떠들어 댔는데, 외출했다 집에 오면 더욱 을씨년스럽다. 매일 먹는 곰국마저 떨어졌으니 먹을거릴 마련한다. 이럴 때 대리만족을 함께 장만하고 싶지만, 도지는 걸 꾹 참는다.

아내가 고졸 45주년 기념 해외여행을 떠난 지 닷새 지났다. 중국 여행이 몇 번째인지 모른다. 금수강산을 놔두고 하필 중국이냐며 언쟁하였지만 지는 게 이기는 것이라 생각하면서도 속이 상했다. 속내를 드러내지 않고 음흉스러운 민족. 황사·흑사에다 미세 먼지까지 토해내면서, 불법 조업으로 바다 자원을 고갈시키며 일어반구 사과두 없는 중국. 게다가 우리나라 자주권인 '사드(thaad)' 배치를 좌지우지하여 심기가 불편한데, 아내는 아랑곳하지 않고 치맛바람 날리며 새벽에 훌쩍 떠났다.

창밖에 첫눈이 내린다. 창에 하얀 눈, 눈발이 드리운다. 이왕이면 서설瑞雪을 맞이하러 옥상에 올라가니 옥상 둘레 길에 눈이 수북이 쌓였다. 담장을 끼고 있는 소나무 솔잎에 고요히 눈이 내려앉는다. 옆쪽으로 뻗은 소나무 가지가 우산을 받치고 있는 것 같아, 그 아래를 살펴보니 한 뼘 됨직한 아기 소나무 두 그루가 있었다.

아기 소나무가 눈에 쓰러질까 소나무 가지가 눈을 받쳐 들고 있다. 잔설만이 아기 소나무 위에 살포시 쌓인다. 소나무가 대견스러운 듯 지켜보고 있다. 자기는 굽었지만 아기 소나무는 곧게, 쭉쭉 뻗어 자라길 바라는 심정으로. 사람들처럼 자기가 이루지 못한 소원을 아기 소나무가 이루도록 대리만족을 기대하는 모습이다. 옥상을 어정거리는 누구처럼.

그렇다. 우리나라 학부모들, 아니 어머니들은 치맛바람으로 자녀들을 가르쳐 자기가 못다 이룬 것을 성취하려는 성취욕은 그야말로 밑 빠진 독이다. 하나 대리만족 덕분에 우리나라 문맹률은 제로다. 가히 세계 금자탑을 이루었다.

회사 다닐 때 축구를 하다 왼쪽 발목 아킬레스 인대 파열 부상으로 한 달 간 입원, 3개월간 목발 신세였다. 완치 일 년 후에 다시 축구를 하다 오른쪽 발목마저 또 인대 파열 부상으로 지긋지긋한 곤욕을 치렀다. 후유증으로 축구나 등산을 하면, 인대 수술한 자리가 화끈거려 잠을 잘 수 없다. 반 장애인! 하여 지천명知天命 나이에 대리만족 서곡이 시작되었다.

즐기던 구기 종목을 할 수 없으니 주말이면 관중석에서 축구, 야구, 배구를 관전하며 서서히 대리만족 늪에 빠져들었다. 주말에 모처럼 한 가족이 모여 식사할 때 내가 응원하는 팀이 TV 스포츠 중계방송에 나오면 국이 식거나 말거나 뒷전이다. 아내의 핀잔을 외면한 채 내 관심은 오로지 막강 화력, 철벽 수비다. 응원하는 팀이 이기면 신이 나서, 지면 속을 삭이려 대폿집 향이다. 그러니 위장만 애꿎게 혹사당한다.

거실 규격을 넘은 TV를 설치하고 축구 중계방송을 보니, 마치 관중석에 있는 듯하다. 가슴 졸이며 보는데 골을 넣을 결정적 찬스가 왔다. "야, 이놈아. 뭘 그리 꾸물거려. 어서 숫!" 나도 모르게 거실 탁자 모서리를 발로 내 질렀다. 헛발질했으면 좋으련만, 강슛을 했으니 발목 골절에다 타박상! 발등이 붓고 옴짝달싹할 수 없었다. 단골병원 응급실로 실려 가는 한심한 남편을 지켜보는 아내 눈길은 외면할 수 없었다. "언제 철이 들지?"라는.

축구 경기를 시청하다 다쳤으니 의사는 어이없어 했다. 깁스를 마치고 진료 이력을 보더니 "아니 두 다리 모두 수술했군요."한다. "사실은, 세 다리요." "무슨 세 다리?" "거시기는 군 의무대에서 작전 상 포경수술을 했습니다." 의사와 간호사는 포복절도抱腹絶倒 했다. 익살을 부려 발목 통증을 잊으려 했건만 더 아플 뿐이었다. 퇴원할 때 빙그레 웃는 의사 모습이 지워지지 않았다. 집에 오자마자 거실 탁자를 치워버렸다.

구기 종목 대리만족 인생은 한동안 지속되었다. 대리만족. 어느 선수에 국한된 것은 아니고 팀에 대한 애정의 발로로 감독, 코치의 입장에서 대리만족을 추구했지만 그건 궤변이다. 그렇게 지천명 나이가 후딱 지나갔다.

이순耳順이 되어 지하철 경로 승차 카드를 발급받은 날, 처음으로 전철 무임승차하고 집으로 왔다. 참 좋은 나라, 좋은 세상에 산다는 기분이 들었다. 경기장 무료입장에다 지하철 무임승차니 금상첨화다. 마치 인생 열차에 무임승차한 기분이다. 경로카드를 만지작거리며 아내한테 말하려는 순간, 부모님께서 물려주신 맷돌이 나를 측은히 바라보며 "대리만족, 인생 무임승차 조심해라" 하시는 듯했다.

대리만족, 인생 무임승차! 머리를 한 방 얻어맞은 기분이다. 두 발목 부상은 지천명이었는데 그것도 모르고 대리만족의 늪에서 허우적거렸다. 대리만족도 대리만족 나름이다. 육성하고, 베풀어 이룬 대리만족이 아닌, 무임승차 대리만족만을 즐겨왔으니 자신이 마냥 부끄러웠다. 밤새 곰곰이 미루어 생각하니 아무리 적고 작더라도 스스로 이룩한 자기만족만이 갈 길이라 여겼다.

다음 날. 지인이 소개해 준 서실에서 고전 공부와 서예를 시작하니 수양도 되었다. 5년 후 종심從心 나이에 수필문학에 입문하여, 한편의 글을 쓰려 메모하고, 명상한다. 새로운 세계가 펼쳐지니 하루하루가 새롭다. 진작 이럴 걸 대리만족으로 지나쳤던 세월이 안타깝다. 진정 발목한테도 면목이 없다.

미세먼지 경보가 내린 날, 아내가 귀국을 하루 당겨오니 반가웠다.

북경에서 사온 선물은 흰 마스크다. 다시 도지려는 대리만족, 무임승차를 꾹 참고, 그동안 쓴 수필 한편을 보여주었더니 "이제 철들었군요." 한다. "철이 들어? 나 원 참 나 원!" 했지만 듣기 싫은 소리는 아니다.

2017. 1

호湖를 사랑한다

　여명이 틀 무렵 호수공원 달맞이 섬 월파정月波亭에 오른다. 보름달은 심학산에 걸렸고 행주산성엔 검붉은 구름이 하늘에 수繡를 놓는다. 호수 면에 물안개가 피어오를 때 행주산성에 태양이 솟는다. 비호飛虎같이 능선을 타고 내려오는 그림자를 뒤따라 햇살은 애수교 아래로 돗자리를 펴면서 월파정으로 달려온다. 새벽 고요 속에 자연 사랑이 잉태되는 순간이다.

　기러기 편대가 태양을 향하여 비행하고 수목들은 잠결에 깨어나 기지개를 펴며 잎사귀에 맺힌 이슬을 대지에 떨어뜨린다. 묵상으로 기를 흠뻑 받고 월파교, 전통공원 대나무 숲을 지나 메타세콰이어 길에 들어서니 멧새소리가 들린다. 애수교를 건너 호수 변 산책로로 접어드니, 마치 고향 경포호수 산책로 같다.

　경포호수는 최근 습지가 복원된 후 1970년도 이후 자취를 감추었던 희귀식물 가시연꽃 씨가 땅속에 묻혔다가 50년 만에 발아되어 우아한 모습을 나타내었단다. 인간과 자연이 공존하는 기적의 공간이 탄생한 희소식은 가뭄의 단비였다.

1995년에 마무리되는 호수공원 대역사 공사를 본 후, 서울의 철새 삶을 청산하고 다음 해 일산으로 이사를 했다. 강릉 경포호수 인근으로 이사 가는 듯했다. 자유로와 호수로로 연결된 호수공원은 약 31만 평 규모로 한강물을 담수한 인공호수와 늪지 자연호수가 달맞이 섬에서 만난다. 희귀수목인 수양, 왕벚나무, 구상나무 등 수종 56종 37만 2000본을 호수 둘레에 이식했다. 자연호수에는 낭아초, 궁궁이 등 108종 습생식물을 심었고 자생약초와 함께 자연석과 갈대숲이 조화를 이루었다.

꽃전시관을 비롯하여, 고양을 상징하는 '장미와 회화나무' 광장, 전통정원, 자연학습원과 메타세콰이어 길, 인공폭포로, 자전거 길과 산책로는 마주가다 헤어지고 또 만나며 자연과 잘 어울린다. 노래하는 분수에 춤추는 조명, 월파정 달맞이, 낙조풍경 등은 자연과 인간이 엮어낸 호수공원 8경이다. 사계절 언제나 찾아 즐길 수 있는 시민의 휴식공간으로서 사랑을 받고, 나에겐 향수를 달래주는 유일한 위안처다.

하지만 수목들은 타향 출신이므로 적응하느라 꽤나 몸살을 앓았을 것이다. 차라리 못생겼으면 뽑혀 오지나 않았을 걸, 다들 서식지가 그리워 귀향하고 싶은 산발한 모습들이었다. 내가 고향을 떠나 객지 생활에 적응할 때도 그러했다. 다행히 조경사와 자원봉사자들은 수목들에게 토양 갈이로 서식지의 흙냄새를 되찾아 주었고, 인기척만 있어도 사시나무 떨 듯하며 수척해진 나무들을 볏짚으로 감싸 월동케 했다. 제 모습을 찾은 배롱나무는 진분홍 백일화를 피웠다. 자연회귀의 집념과 땀방울은 마침내 그들에게 제2고향을 안겨 주어 나처럼 정착하게 했다.

아침저녁엔 잉어, 붕어들이 인공, 자연호수 경계 둑 양방향에서 몰려온다. 서로 점프를 하며 안부를 묻느라 야단법석野段法席이다. "붕달아, 얼굴이 말끔하고 몸매는 세련되었구나. 선크림 바르고 꽃전시회에 갔다 왔니?" 인공호수로 가출한 붕달이가 다소 염려스러웠지만 묻는 잉달이의 표정엔 사뭇 부러움과 궁금증이 교차되었다. 붕달에겐 호수 바닥 자갈이 신기하기만 했고, 야경은 황홀하였다. 인공폭포와 분수가 마냥 즐겁기만 했다. 드넓은 이 호수를 누가 수족관이라 했는가?

어린이날 등장한 무동력 수상보트 그림자에 붕달이가 동승하여 유영遊泳했다. 늘씬한 인어 대우를 받는 몸매는 카메라의 스포트라이트를 받았음은 물론이다. 아이들이 신나게 페달을 밟는 50여 대의 보트 물결은 장관이었다. 박람회에 오신 분들은 호수공원 정경에 흠뻑 도취되었으리라.

약초 향기를 맡으며 수련 잎사귀 사이로 오리들과 숨바꼭질하다 약초섬 그늘에서 쉬기도 하고, 연잎 이슬을 받아먹고 달맞이 갔던 월파정, 자연학습원의 아기 웃음소리와 숲속 개구리 자장가를 들을 수 있는 늪지 자연호수만이 이상향인 줄로 여겼는데, 인공호수는 맑은 수면에 어리는 '그림자 배'를 타고 달맞이 해맞이를 갈 수 있다. 자연과 사람이 자연 사랑을 공유하면서 인공호수는 수상낙원으로 나날이 진화하니 잉달마저 유학遊學가고 싶은 생각이 굴뚝같았다.

"붕달아, 달뜨는 밤에 나뭇가지를 둑에 걸쳐 놓을 테니 꼭 타고 넘어와! 이주해 갔던 하주마을 사람들이 아랫마을 산에 조롱박 터널을 만들었어. 올망졸망한 박을 구경하러 가자꾸나!" 귀향 지척에서 발길을 돌려야 했던 가족 분단의 둑은 더 이상 원망스러웠던 오작교가 아니었다. 높은 콘크리트 둑은 매끄러운 반달형 스테인리스로 낮추어져 상호 나들이가 가능했다. 다음 날 둑엔 늘어진 수양버들 가지를 타고 넘나든 흔적이 있었다. 붕달이는 잉달이와 교대하고 자연호수로 금의환향錦衣還鄕했다.

올해로 스무 돌을 맞는 호수공원! 땀과 정성으로 이루어진 청정호수는 물과 숲으로 도시를 정화하고 고양시는 인구 100만 도시로 도약했다. 자축하는 능소화의 어사화도 유난히 환하다. 이렇듯 자연은 거짓말을 안 한다. 받은 선악善惡을 그대로 갚는다. 사랑으로 받은 엔도르핀은 피톤치드와 더불어 형형색색의 단풍과 꽃, 향긋한 풀 냄새와 시원한 그늘로 화답한다. 무상으로 주는 열매도 빼놓을 수 없다.

즐겨 찾고 반겨주는 호수공원에서 고향의 품을 느낀다. 자연이 그려낸 채색에 추억이 물든다. 오후 한바탕 소나기 온 후 인공폭포 쪽에 선 무지개 아래서 잉달이가 활기차게 유영하고 있다. 자연의 생기가 넘쳐흐른다. 언제나 호반을 산책하고 사색할 수 있음은 오로지 호수공원 덕분이다 동행한 만보기가 한 바퀴 더 돌자고 혁대에 매달리며 보챈다.

2015. 6

친구 어부가 되다

눈을 뜨면 하루 일과의 시작으로 조간신문을 읽는다. 신문은 TV와 더불어 나의 유일한 동반자이다. 요즈음 국정교과서가 화두로 도배질하여 식상했는데 조간신문에 '연어 양식 성공'이란 기사가 있어 관심 있게 보았다. 모처럼 청량제를 마신 기분이었다.

그날 양양 연어 축제에 가던 중 고향의 친구와 경포 인근 '사근진' 추어탕 집에서 만나 점심을 먹게 되었다. 한적한 솔밭 가정집 식당이었고, 앞뜰의 늪에서 주인아저씨가 잡아온 미꾸라지가 양동이에 담겨 있었다. 배가 담황색인 자연산이었다. 매일 잡아 온 양이 적어 늦게 오는 사람은 발길을 돌린단다. 다행히 소나무 밑 평상에서 오랜만에 담소하며 진미 추어탕을 들었다. 어릴 적 어머니가 끓여주시던 그 맛이었다. 어린 시절 추어탕은 논 물꼬나 개천에서 잡히는 쌀미꾸리 탕이었다. 미꾸라지는 귀했다.

소나기 후에 돌개바람이 분다. 토네이도처럼 거대한 흡인력에 지상의 가벼운 것들은 빨려 들어 하늘로 치솟아 올라간다. 앞마당에도 길 위에도 생명력이 강한 미꾸라지가 떨어져 꿈틀거린다. 돌개바람이 민물고기들을 고기가 없는 연못이나 개천 상류에 옮겨 퍼트리는 것이다. 신비스러운 자연의 위력이다. 바가지에 미꾸라지를 주워 담아 추어탕을 해 먹던 어린 시절 애기로 점심은 화기애애했다.

양양은 송이 축제와 연어 축제로 명판이 나 있다. 10월 중순 경이면 연어들이 산란을 위해 남대천을 거슬러 올라온다. 치어를 방생하면 북 태평양을 돌아 4~5년 후 방생한 곳에 산란하러 귀향하는 회귀성 고기이다. 대구도 마찬가지다. 회귀 시점에 맞추어 지자체는 연례 행사를 치밀하게 추진한다.

연어가 거슬러 올라가는 강물은 회색빛으로 장관이다. 망망대해茫茫大海로 출가하여, 살벌한 적자생존 약육강식을 겪으며 천신만고 끝에 살아남아 고향 산천으로 돌아오며 "나 여기 왔소." 자태를 뽐낸다. 고향의 향기를 만끽하는 모습은 사람이나 고기나 마찬가지이다.

어획이 금지된 산란기간에 연어들은 자갈이나 모래 위에 알을 낳고 일생을 마감한다. 강물을 거슬러 오며 일체 먹지 않았으니 달진 한 것이다. 평안히 눈을 감은 연어들이 강물을 따라 떠내려 올 때 모성애의 강물은 은빛으로 넘실거린다. 장엄하다. 어획 금지는 풀리고 연어축제가 열린다.

축제장은 인산인해였다. 나는 연어잡이 체험에 투자한 거금(?)을 건지려고 분투한 결과 맨손으로 잡은 연어로 회와 구이를 맛 볼 수 있었다. 명태 축제는 없어졌지만 연어 축제는 매년 계속될 것 같았다.

하지만 남대천 참 연어 맛이 수입산 보다 떨어짐이 아쉬웠다. 출하량이 없어 집 앞 매주 토요일 장의 비싼 연어 토막이 해소되기는 난망이었다.

귀가하여 메일을 열어보니 반가운 동창의 소식이 기다리고 있었다. TV와 신문(2015.10.26. YTN 연합뉴스/조선일보)을 통하여 우리의 귀와 눈을 즐겁게 한 '국내산 연어 양식 성공' 주인공이 바로 동창 김동주(동해 STF 대표)라고 총무가 관련 기사를 스크랩하여 보내왔다. 반갑기 그지없었다. 낭보였다. 친구가 성공한 어부가 되다니!

지금까지 국내 연어 양식은 노르웨이, 캐나다 등에서 알을 수입하여 부상 가두리에서 양식하는 단계였다. 연어는 한해성寒海性 어종으로 집단 폐사하는 6월 이전에 미 성숙된 채 출하하다 보니 무게가 2kg 정도여서 경쟁력이 떨어진다. 친구는 이 점을 감안, 부상浮上과 침강沈降이 자유로운 구리로 만든 부 침식 가두리 시스템을 개발, 고성군 봉포항에 '활동 어망 가두리'를 설치하여, 양식 연어에서 알을 채취, 다시 키우는 '완전 양식'을 국내 처음 이루어 냈다.

작년 연어 수입량은 2만 2,810톤이고 금액은 1억 7,440만 달러이다. 완전 양식 연어는 11월에 첫 시범 출하에 이어 내년에는 4~5kg의 연어 800톤을 출하할 계획이다. 은 연어에 이어 기름진 대서양 어종도 양식할 계획을 발표했다.

수입 대체 량은 아직 미미하지만 향후 증대될 것이고, 가격은 20~30% 저렴하여 경쟁력이 있다. 한여름에도 신선한 국내산 은 연어를 일반 식당에서 먹을 수 있게 되었으니 쾌재다.

활동성 가두리 시스템은 융합 기술의 대표적인 산물이다. 세계에서 상용되는 어망 중 성능이 가장 우수하며, 부착 생물이 붙지 않아 장기적 유지 관리 면에서 저비용 고효율이 월등한 시스템으로 겨울엔 부상하고 여름엔 침전시켜 수온 평균 15℃의 성장 환경에서 연중 양식이 가능하게 했으니 대견스럽다.

삼면이 바다인 우리나라인데도 수입품이 몰려옴에 이에 맞서 친구는 이공계 출신으로서 어부가 되었다. 복합 기술에 의한 부상 침강 가두리 시스템을 개발하느라 겪어 온 역경은 가히 짐작할만하니 꼭 들어 봐야겠다. 앞으로 친구와 같은 훌륭한 어부가 많이 탄생하길 기대하며, 어부가 된 친구에게 박수갈채를 보낸다.

친구여, 워낭 소리가 들리지 않은가. 쇠를 몰고 연어 출어할 때 가려고 우시장에 가는 길이네.

2015. 12

산 메기

　폭염이 한풀 꺾인 8월 중순, 귀가하니 양양 두메산골에서 온 친구의 편지가 나를 반겨주었다. 궁금하던 차인데 촌부가 되었다는 소식은 나의 콧등을 시큰하게 했다. 노을이 드린 창밖을 바라보니 밀짚모자를 쓴 산사람이 뚜벅뚜벅 다가오고 있는 듯했다. 지금 오지에서 그리움을 서신으로만 전할 수밖에 없는 친구, 부디 와서 산山 메기를 잡아먹자는 제안이 나를 들뜨게 했다.

　산에 메기가 있다? 계곡에 메기가 있는 모양인데 도무지 믿음이 안 갔다. 낚시는 자기가 준비할 테니 어린이 학용품과 동화책을 부탁하기에 구입하여 일행 다섯이 새벽에 오색 '물레방아 쉼터'를 향해 출발했다. 한계령을 넘어 주전계곡을 대하니 친구의 음성이 들리는 듯했다.

　친구는 나처럼 농부의 아들로서 중, 고교 동문이다. 논산 훈련소에 같이 훈련을 받으며 고락을 함께 했다. 81년도에 원자력 기술 연수

생으로서 파리에 연수 후 귀국했다. 원자력발전소 산파역을 하느라
과로 탓인지 98년도에 간이식 수술을 받고 사경을 헤매다 두메산골
로 내려가 치유 중이었다.

약속 장소인 물레방아 쉼터에 들어서니, 밀짚모자를 쓴 사람이 손
을 흔들고 있었다. 우리를 반겨주는 저 이가 내 친구란 말인가! 몸은
수척했지만 광채 나는 눈빛은 그대로였다. 1년 만의 만남이니 악수와
포옹은 예전과 달리 진하고 진했다. 먼 길 오느라 더위를 먹을까 염
려하여, 약초로 특별히 준비한 것이라며 막걸리 통에서 한 사발씩 따
른 것은 익모초 즙이었다. 단번에 들이켰는데 그 맛은 소태맛이었지
만 왠지 모르게 눈물이 쏟아졌다. 그리움과 정성이 담긴 우정의 잔이
아닌가! 친구의 마음 씀씀이 그러했다.

친구가 거처하는 민박집에서 우린 짐을 풀었다. 친구의 관심은 학
용품과 동화책이었고 우리들은 오로지 산 메기였다. 어린이 선물 보
따리를 주니 애들과 친구는 입이 찢어질 듯 기뻐했다. 산 메기 낚시
는 밤에 할 거라 했다. 친구는 메기 잡이 준비를 했고, 우리 일행은
오색약수, 탄산온천 코스를 다녀왔다. 약수를 마신 후 탄산온천에 몸
을 담그니 온몸이 사르르 녹아내렸다.

해가 기울 무렵, 민박 아줌마가 토종닭 백숙과 산채나물 등 진수성
찬을 앞뜰 평상平床에 차렸다. 친구의 훈훈한 정이 탁주잔에 넘쳐흘렀
고 서산의 노을은 붉게 타 올랐다. 그간의 정황과 "산 메기"를 얘기하
다 만찬은 끝났지만 아이들은 그림 그리느라 정신이 없었다.

드디어 산 메기 잡을 채비를 꾸렸다. 산길 안내자는 아줌마였다. 각

자 플래시와 낚싯대를 챙겼고 난 된장과 칡뿌리, 들통과 망태기를 준비했다. 주전골 입구에서 아줌마를 따라 비탈길로 헉헉대며 한참 올라가니 계곡이 나타났다. 산과 산 사이의 하늘로 보아 천 평 남짓한 계곡이었다. 적송 나무 가지가 아래로 자그마한 소沼가 있었다. 가장자리엔 낚시하기 편하게끔, 친구가 미리 마련한 돌 의자가 따뜻했다.

일행은 소沼에 발을 담그고 낚싯대를 드리웠다. 나는 별도로 준비해 간 항아리 망에다가 된장을 바른 칡뿌리를 넣고 그 망을 막대기에 걸어 물속에 잠겼다. 적막감 속에 숨을 죽이고 하늘을 쳐다보니 나뭇가지에 매달린 초승달이 쏟아지는 별빛을 담고 있었다.

칡, 된장 냄새가 수면 위로 떠올랐다. 이때 무언가가 발목을 툭툭쳤다. 야밤의 침입자에게 경고를 주는 순라군인 모양이다. "있긴 있구나!" 막대기가 흔들렸다. 요동치는 어망을 끌어올려 보니 망 속에 메기가 세 마리였다. 여기저기서 "낚았다 낚았어!" 하는 환호성이 이어졌다. 한 시간 채 안 되었는데도 들통에 모아 보니 엄청 많았다. 알배기와 치어는 놓아주었다.

산 메기는 몸매가 날씬했다. 어떻게 여기에 산 메기가 서식한단 말인가? 누가 방생할 리도 없고 불가사의했다. 오랜 시간 계곡 환경에서 적응하며 진화한, 신비의 영물靈物 '돌 메기'였다. 이 계곡을 "메기골"로 명명하고 귀가하면서 '옹달샘' 동요를 부르니 들통 속 산 메기가 덩달아 춤을 추었다. 그 산 메기들은 친구에게 몸으로 효험을 바쳤다. 친구는 그곳에서 기적같이 완쾌되어 가을에 복직하였고 퇴임

후 고향에서 봉사하고 있다.

　어느 날 양양을 지나다 메기 골을 바라보니 무지개가 섰었다. 친구를 생각하면 생각나는 산 메기! 그 산 메기가 서기瑞氣 어린 메기 골에서 잘 자라고 있을 것이다.

2015. 5

손톱깎이

　고귀한 선물. 내가 받은 선물 중 가장 오래 간직하고 애용하는 게 손톱깎이다. 1973년 해운대를 산책하고 잡화상에 들러 어머니께 드릴 참빗과 비녀를 사고 계산하는데 주인이 내 손을 유심히 보더니 신혼여행을 왔느냐 묻는다. 그렇다고 하니 손톱깎이를 주시며 "손가락이 복스럽군요. 손톱을 자르고 갈며 다듬으면 수양도 됩니다."라고 하셨다. 손톱깎이가 없어 나중에 장만하려 했는데 뜻밖에 받은 고마운 선물이었다.

　아내도 속으로 손톱깎이를 마련하려고 했는지 여간 기뻐하지 않았다. 숙소에 돌아와 둘은 마주 보고 손톱부터 깎았다. 처음 대하는 손톱깎이는 신기하기만 했다. 아내 손을 잡고 손톱을 깎아 주었더니 아내도 내 손톱을 깎아 주었다. 손톱 깎으며 내 손 지문을 보았는지 "어쩌면 지문이 원형이에요? 한다. 내 엄지가 뱀 머리 같다, 손금이 좋다, 못생긴 발가락도 서로 닮았다는 등 너스레를 떨었다.

일주일마다 아내와 함께 손톱을 깎았다. 중매결혼으로 상대방을 너무 몰라 대화가 뜸했는데 손톱깎이가 대화 물꼬를 트는 진짜 중매쟁이 역할을 해 다정다감하게 되었다.

한동안 손톱깎이를 찾기 쉬운 곳에 두고 함께 사용했다. 잉꼬부부는 아니지만, 내가 손톱깎이를 들면 아내는 여지없이 옆에 앉는다. 함께 깎고 다듬으니 거칠기만 했던 손톱, 발톱이 가지런하고 윤기가 났다. 못생긴 발가락도 밉상을 벗어났다. 가꾸기 나름이다.

장기간 출장을 가면 아내가 챙겨주는 것 중 하나가 손톱깎이다. 챙겨주며 잘 간수하라는 아내가 고마웠다. 2000년을 맞으며 당진으로 발령받아 주말부부가 될 때 아내가 손톱깎이 두 개를 챙겨주었다. 선물 받은 것은 사무실에서, 새것은 숙소에서 두고 쓰란다. 자기를 생각하라는 꿍꿍이 속셈을 모르랴! 하여튼 그때부터 선물 받은 손톱깎이는 나의 전유물이 되었다.

공장에서 현장을 다니다 보면 손톱에 낀 게 기름때다. 손톱이 길면 기름때를 제거하기가 어려우나 손톱을 깎으면 쉽사리 기름때를 씻어 낼 수 있다. 갑자기 외국 바이어(Buyer)가 방문하면 작업복을 새것으로 갈아입을 수 있지만 기름때 낀 손톱으로 악수할 수 없다. 그렇다고 장갑 낀 채로 악수할 수도 없다. 그러니 손톱깎이가 구세주다.

9.11테러 사건 직후 미국으로 출장가게 되었는데 출국신사에서 손톱깎이가 휴대 금지되었다. 손톱깎이가 무슨 흉기냐 항변했지만 손톱깎이도 나이프 종류이므로 휴대금지 품목이란다. 난감했다. 귀국하여

기어이 손톱깎이를 찾는 나를 보고 공항 직원이 의아해했다. 손때 묻고 정든 손톱깎이가 아니던가! 손톱깎이와 재회하니 그리 반가울 수 없었다. 주머니에서 손톱깎이를 만지작거리며 귀가했다.

숙소에서 손톱, 발톱을 깎다가 우연히 잘라진 발톱 단면을 보게 되었다. 면이 두부모 자른 듯 매끈하니 내 눈을 의심케 했다. 손톱깎이양 날을 오므렸다 폈다 하면서, 돋보기로 반달형 턱 날을 관찰했지만 매끄럽게 잘리는 사유를 알 수 없었다. 손톱깎이를 시험실에서 현미경으로 관찰하니 '아래턱 날 구조(0.02mm 김) 노하우(Knowhow)'를 알게 되어 무릎을 쳤다.

공장에서 철판을 절단하면 절단면이 매끄럽지 못하고 부러진 자국이 있다. 수요자 불만을 해결하려 했는데 손톱깎이로 인하여 절단기 나이프를 구조 설계 변경하여 생산하니 절단면이 매끄러웠다. 수요가 호평과 더불어 해외시장 확충에 한몫을 하게 되었다. 창립기념일 선물로 손톱깎이 매니큐어 세트가 지급되니 반응이 좋았고, 아내의 얼굴 또한 환해진 건 물론이었다. 신혼여행 선물, 손톱깎이가 나에게 행운을 안겨준 것이다.

손톱깎이는 미군이 주둔하면서 미군부대 매점을 통해 처음 유통되었고, 국산화는 1954년경 드럼통을 펴 만들었으니 품질이 조악했다. 1975년부터 손톱깎이 제조회사가 국산 손톱깎이 품질 한계를 타파하고 혜성같이 나타나 세계시장 1위를 점유했다. 한국의 산업기술에 핵심기술이 융합되어, 자른 면이 매끄럽고 절삭력이 뛰어난 손톱깎이가 등장했다. 대수롭지 않은 손톱깎이가 우리나라에서 진화하여 세계를 제패, 세계인의 손을 아름답게 하는 작은 거인이 된 것이다.

일본 여행 가면 으레 사 오는 게 코끼리 밥솥과 손톱깎이였는데, 요즈음 외국 관광객이 우리나라에서 꼭 사가는 물품 중 하나가 손톱깎이 매니큐어 세트다. 손톱깎이, 족집게, 손톱가위, 버퍼 등 5~8개의 제품으로 구성된 매니큐어(Manicure) 세트로 세계시장을 석권, 2002년 산자부가 선정한 세계 일류화 제품으로 선정되었다. 미용 분야에 화장품과 함께 한류를 선도한다.

손톱을 깎다 보면 시경詩經의 절차탁마切磋琢磨* 문구가 떠오른다. '자르고 가는 것은 학문을 말하는 것이요, 쪼아놓고 가는 것은 스스로 행실을 닦음이다.'라고 했다. 미루어 보면 잡화상 주인아저씨가 내게 손톱깎이를 선물하며 "갈고 다듬어라" 하셨으니, 그분은 시경을 터득한 분이라 여겨진다.

손톱을 깎고 줄로 모서리를 갈고 다듬는데 발톱이 "나는 어떠하라고?" 눈을 흘긴다. 함께 손톱과 발톱을 깎고 다듬으니 마음마저 단정해진다. 손톱 깎는 게 행실 닦음이라 여기고 차분하게 마음도 다듬는다. 어머니께서 미수米壽 나이 때까지 간직한 참빗으로 머리를 곱게

---

* 切磋琢磨절차탁마는 '詩曰시왈 如切如磋者여절여차자 道學也도학야, 如琢如磨者여탁여마자 自修也자수야'. 시경이 이르기를 자르듯이 갈듯이 하는 것은 학문을 말함이요, 쪼드시 갈듯이 하는 것은 자기 수양이라. 詩經시경 衛風淇澳之篇위풍기수지편에 나오는 문장의 如자를 뺀 문구로, 論語논어 學而학이 편에 나온다. '상아 같은 뿔은 톱이나 칼로 잘라 줄로 갈고, 옥돌은 끌이나 망치로 쪼아 모래나 돌로 갈고 다듬어 빛을 낸다.'는 뜻은 학문을 갈고 닦아 수양하라는 것이다(如: 같을 여, 切: 자를 절, 磋:갈 차, 琢 : 쪼을 탁, 磨 : 갈 마, 修:닦을 수).

빗고 비녀를 꽂으셨듯이, 손톱깎이는 지금까지 나의 동반자다. 고마운 손톱깎이다.

문득 40여 년 전 잡화상 주인아저씨의 말이 새삼 떠오른다. "손가락이 복스럽군요. 손톱을 자르고 갈며 다듬으면 수양도 됩니다."

2017. 2

3부
궤도이탈

바이올렛을 부탁합니다

유난히 더운 올여름. 귀가하는데 손전화가 울린다. 무슨 소식인가 받아보니 "희우가 상을 탔대요. 그리고 바이올렛을 부탁한다고 해요." 아내 목소리다. "학년도 안 끝났는데 무슨 상이야. 그리고 또 무슨 바이올렛이야?" 궁금하다. 걸음을 재촉하는데, 딸에게서도 전화가 왔다.

'표창장. 3학년 희망반 정희우 어린이는 배움터 지킴이, 청소 도우미, 선생님께 인사하는 태도가 다른 어린이의 모범이 되므로 이 상을 주어 칭찬합니다.'란 전화 내용이었다. 세상에 이런 표창장도 있나 싶었다. 애들 키우는 부모 심정은 똑같겠지만 딸의 전화 목소리는 상기되었다. 우등상보다 모범상이 백배 낫다고 축하해 주었다. 외가에서 자라 버릇이 없을까 걱정했는데 예절이 몸에 뱄으니 이 얼마나 기쁜 소식인가!

다음날 희우 엄마, 아빠 귀가가 늦다기에 마포 손자 네로 갔다. 표창장이 책상 위에 놓여 있었다. 손자를 장하다고 안아주었더니, 나를 앞 베란다로 안내했다. 크고 작은 바이올렛 화분 열 개가 있었다. 처음 받은 용돈으로 바이올렛 두 포기가 심긴 화분을 사 와, 꺾꽂이로 화분 열 개로 불어났다고 했다. 물컵에 바이올렛 잎을 잘라 담그면, 뿌리가 내리는 간이 인큐베이터 방식으로 키워 화분에 심었다니 기가 막힐 노릇이다.

12월생 외손자는 구삭둥이로 태어나는 바람에, 아내는 예정되었던 해외여행을 포기했었다. 체중 미달로 태어나 인큐베이터 신세를 겨우 면하고 9개월간 우리 집에서 자라면서 말더듬이로 속을 태웠던 애가 벌써 열 살이다.

손자가 올 거라는 기별이 오면, 하루 전 대청소 덕분에 집안이 깨끗하다. 손자는 외가에 오면 제 세상이다. 2학년부터 '알기 쉬운 천자문' 700자字를 시작으로 격몽요결 공부한 것을 나한테 검사받은 후 씨름도 하고, 호수공원 분수대로 가서 자전거 타기, 연날리기를 한다.

다행히 손자가 다니는 학교에서 한자를 가르친다. 사자성어四字成語 풀이를 어떻게 하는가 보았더니, 한 자, 한 자를 부수部數와 획수劃數대로 옥편을 찾고 사전辭典에서 사자성어 풀이를 찾는 게 아닌가! 나를 보고 웃으며 "엄마, 아빠는 나처럼 이렇게 찾지 못해요."한다. "엄마, 아빠는 학교에서 한문을 배우지 못했으니까."하니, 한 수 더 떠 "우리말 70%가 한자인데 왜 안 가르쳐주었죠?"에 할 말이 없다. 한숨이 절로 난다. 어릴 때 한문을 배워야 하는데…. 한문을 익히면서 예절·윤리·충효사상을 깨우치게 되는데, 그렇지 못해 어지럽고 부끄러운 세상이 올 것 같아 안타깝다.

희우 아빠가 신문사 해외 연수생으로 뽑혀, 8월부터 일 년 간 엄마랑 함께 프랑스로 가야 한다 했다. 허리를 굽히고 정중하게 "할아버지, 제가 키우는 바이올렛을 부탁합니다. 할머니께 부탁을 하니 대답을 안 해요"라며 애걸복걸한다. 아내 눈치를 보니 반응이 없다. 기특한 손자가 아닌가!

내가 키워 줄 테니 네가 귀국하면, 나와 함께 소학小學을 공부하기로 서로 새끼손가락을 걸고 엄지 도장을 찍었다. 손자는 이렇게 될 줄 알았다며 소원성취 만세를 불렀다. 손자 네 출국 직전 화분들을 차에 싣고 올 때, 비 오는데도 아파트 입구까지 나와 연신 "바이올렛을 부탁합니다."라며 90도로 인사한다. 모범생답다. 하나 바이올렛을 키우면 자길 생각할 거란 속셈(뒷얘기지만)을 간파하지 못했다. 손자는 나보다 한 수 위었다.

바이올렛이 우리 집 거실 유리창 가를 차지했다. 일주일에 한 번씩 물을 주고 놓아두었더니 잎들이 생기가 없고 열병 앓듯 축 처진 환자였다. 환경이 바뀐 탓인가, 아니면 물갈이하는 것인가? 이거 야단났다. 손자한테 물어볼 수도 없고 난감했다. 이것들이 환경에 적응하느라 몸살을 앓고 있는 모양인데, 우리 집 환경을 곰곰이 생각해 보니 차이가 한두 가지가 아니다. 우리 집은 에어컨 없고 손자 네는 TV가 없다. 손자는 바이올렛 곁에서 독서나 노래하며, 정성으로 피붙이 동생처럼 보살폈으니 서로 생활 리듬이 같았다.

우리 노부부는 맞벌이도 아닌데 매일 오전 창문을 닫고 외출한다. TV 보느라 자정까지 불을 켠다. 그러니 바이올렛이 여기 와서 수면 부족, TV 소음, 한낮 열기에 시달렸겠지. 당장 침실 앞 베란다로 화분을 옮겼다. 낮에는 창문을 반쯤 열고, 저녁엔 커튼을 쳐, 푹 잘 수 있게 했다. TV 음량을 낮추고 아침저녁 문안 인사를 했다. 일주일 만에 이 환자들이 몸을 추스르고, 본래 그대로의 모습으로 돌아왔다. 손자 대하듯 한 정성이 통했으니 다행이었다. 10월 말, 두 포기에서 여섯 송이 꽃이 피었다. 앙증맞은 자주색 꽃이다. 일주일 후, 첫 번째 꺾꽂이 화분부터 줄줄이 꽃이 피어 창가를 장식했다. 겨우내 피는 화원을 방불케 하니, 집안의 경사다. 바이올렛은 불사이군不事二君*은 아니었다. 사진을 찍어 사위한테 전송하였더니 '희우가 너무 좋아 펄쩍펄쩍 뛴다.'는 답장이 왔다. 학교도 잘 적응한다며 바이올렛 꽃이 보고 싶다고 했다. 그래 보고 싶겠지! 나도 보고 싶다. 내 손자 희우를.

* 불사이군不事二君 : 두 임금을 섬기지 않는다. 事 : 섬길 사, 君 : 임금 군.

2016. 6

여삼추如三秋

바깥세상은 계절이 바뀌면서 세월이 흐르는데, 우리 집안은 벽시계 시계추에 매달려 시간이 흐른다.

우리 집 시계 계보系譜는 결혼예물로 받은 손목시계로부터, 사글세에서 전세로 이사할 때 동생 내외가 선물한 새집 모양의 벽시계, 봉직한 회사 창립기념일에 받은 벽시계, 집을 마련하였을 적에 어머님이 사주신 벽걸이 괘종卦鐘시계로 식구 수대로 늘어났다. 이사할 때 늘 동행한 가족이다. 자나 깨나 챙겨주는 방 마님 벽시계다.

새[鳥]집 뻐꾸기 벽시계는 시간마다 처마 밑 문이 열리며 "뻐꾹 뻐꾹", 괘종시계는 "뎅 뎅" 타종을 하여 시각을 알려주니, 우리 집은 계곡 뻐꾸기가 울고 산사山寺 종소리가 들리는 집이다.

외손자 '희우'가 뻐꾸기시계가 걸린 방을 '뻐꾸기 방'이라 했다. 매주 토요일 오전에 왔다가 오후 여섯시면 돌아가야 하니 여섯시가 되면 귀를 미리 막는다. 기차를 분리했다 조립한 1호 차, 2호 차가 터널을 지나가며 기적을 울린다. 기차놀이에 빠져 시간 가는 줄 모르다가, 엄마가 가야 한다고 하면 뻐꾸기가 다섯 번 울었다고 능청을 떨며, "왜 뻐꾸기는 쉬지 않고 시간마다 노래하냐."며 발버둥 친다. "자고 가라"하면 길길이 뛰던 희우가 1년간 해외연수 가는 아빠 따라 프랑스 리옹에 갔으니 요즈음 주말은 한가하나 허전하다.

벽시계가 멈춘 지 오래다. 괘종시계도 뻐꾸기시계도 건전지를 갈아 끼워야 했는데 차일피일 미루다 일 년이 지났다. 규칙적인 굴레에서 벗어나 느긋하게 지내며 시간에 얽매이지 않으니 편했다. 밤늦게 잠자리에 들고 아침 늦잠을 잤다. 아내가 새벽 5시에 일어나, 7시 식사 시간을 맞추느라 여태껏 부지런을 떨어야 했는데 해방되니 내심 좋아하는 눈치다. 아마 독립만세를 외쳤을 거다.

아침 일찍 일어나 건강체조도 하고 하루를 산뜻하게 출발해야 하는데 게을러진 타성에, 생활 리듬이 서서히 뒤죽박죽이 되었다. 평생 감기 한 번 안 걸리기에 감기를 달고 사는 아내한테 "바쁜 사람이 감기 걸릴 시간이 어디 있냐."라며 핀잔을 주곤 했는데 되레 감기에 걸려 곤욕을 치렀다. '5분 전' 별명이 무색하게 중요한 약속 시간을 어기는 결례도 범하며, 잠들면 헛꿈을 꾸고 몸이 무겁다. 소화도 안 되어 속이 더부룩하다. 편의주의 습관이 온 몸을 서서히 좀먹는 줄 몰랐다.

방에 드러누워 멈춰진 괘종시계를 쳐다보다 상념에 잠겼다. 나의 첫 직장이 세간을 뒤흔든 '어음 사기사건'에 연루되어 회사가 문을 닫았다는 소식을 접하자 어머니께서 쌀자루와 괘종시계를 머리에 이고 고향에서 올라오셨다. 어린 시절 내가 항상 시계 밥을 주어 괘종 시계 종이 울렸던 것을 상기하셨는지 어머니께서 괘종시계를 사오셨다. 시계추가 활기차게 움직이고, 종소리가 시간을 알려주니 집안 분위기가 달라졌다.

거울까지 사주시고 고향으로 가셨던 어머니. 그날 이후 나는 나대로 아내는 아내대로 집을 나설 때는 시계와 거울을 보며 몸과 마음을 단정히 했는데, 요즈음 흐트러진 모습을 지켜보는 시계 마음이 편할 리 있겠는가! "시간을 지키며 반듯하게 살아라." 하셨던 어머니 모습이 떠오르자 벌떡 일어나 건전지를 사와 갈아 끼우니. 뎅 뎅·뻐꾹 뻐꾹, 집안의 분위기가 되살아났다.

가족이 오순도순 식탁에서 함께 식사하는 장면을 더 이상 볼 수 없어 안타까워하는 벽시계는 오랫동안 밥을 먹지 않았으니 몸에 온기가 없고 벽에 기댄 등이 시렸다. 주린 배를 부여안고 "제발 저에게 밥을 주세요." 애원하며 기다린 시간은 여삼추* 이었으리라!

딸네가 7월이면 귀국한다며, 희우 방학 때 다녀가시라 하여 모처럼 아들, 아내 셋이 파리에서 딸 식구와 합류했다. 이틀간 파리 명소 관광을 하고, 스위스로 가는 날이 철도 파업하는 날이었다. 기차 예약이 취소되어 다시 예약하여, 파리 역에서 여섯 시간을 기다리다 천신만고 끝에 스위스 행 기차를 탔다. 철 밥통을 깨뜨리러 나선 젊은 대통령의 정책을 국민은 불편을 감수하며 전폭적으로 지지를 하고 있었

---

* 여삼추如三秋 : 3년과 같이 길게 느껴진다는 뜻으로 몹시 애타게 기다리는 마음을 이르는 말.

다. '미세먼지 없는 나라' 이상으로 부러웠다.

다음날, 알프스산맥 정상을 경유하여 호수 유람선 선착장 역으로 가는 산악 열차를 탔다. 정상에서 내려 푸른 하늘 아래 병풍처럼 펼쳐진 설산 풍경을 카메라에 담다 보니 출발 시간이 지났다. 아들과 딸이 찾는 소리에 헐레벌떡 쫓아갔으나 열차는 정시에 떠나고 대기한 기차에 가까스로 탑승했다.

앞차에 탄 아내는 당황했지만, 열 살 된 희우가 차분하게 승무원을 붙잡고 "할아버지가 사진을 찍느라 차를 못 탔으니 잠시 기다려 주십시오. 아니 되면 뒤차를 분리하여 뒤따라오다가 등산객이 승차하는 다음 역에서 합류하면 되잖아요. 다음 차는 처음 출발한 역으로 가잖아요?"라고 애걸했단다. 승무원의 배려로 우리는 다음 역에서 합류하여 이산가족을 면했다.

시간을 지키지 못해 일어난 일이다. 내가 애가 되고 그 녀석이 어른 노릇을 했으니 얼굴이 달아올랐다. "할아버지!" 희우가 달려와 품에 안기며 눈물을 글썽거렸다. 희우가 조마조마하게 기다린 일각—刻은 여삼추 같았으리라!

희우네가 기거하는 리옹으로 옮긴 다음날, 아름드리나무들의 숲 '리옹 공원'을 찾았다. 숲 속에서 뻐꾸기 소리가 들렸다. "할아버지, 저 뻐꾸기는 시도 때도 없이 우네요. 할아버지 집 뻐꾸기는 시간마다 아름답게 노래하는데."라고 너스레를 떤다. 뻐꾸기시계 소리에 속이 뜨끔했다. 마로니에 꽃향기에 흠뻑 젖다 귀가하는데, 희우가 내 손을 잡고 시계추처럼 활개를 쳤다.

요즈음은 헛꿈을 꾸지 않고 숙면을 한다. 벽시계 소리에 맞춰 가족이 식탁에 모여 함께 식사를 하니 식은 밥을 먹지 않고, 소화도 잘 되어 몸이 한결 가볍다. 아침에 창을 열면 뻐꾸기시계와 괘종시계가 합창을 한다. "뻐꾹 뻐꾹, 뎅뎅~" 청아한 음률로 퍼져나가며 상쾌한 하루를 연다.

뻐꾸기시계 소리에 발버둥 치던 희우가 의젓한 모습으로 집에 오는 칠월, 그날을 손꼽아 기다린다. 시계추에 매달린 시간이 마냥 여삼추如三秋다.

2018. 6

감자꽃 세레나데

매년 6월 보름이 다가오면 가슴이 설렌다. 월광곡과 어울려 펼쳐지는 감자 꽃 세레나데 때문이다. 내일이 보름이니 형님이 경작하는 대관령 고랭지高冷地 '일출 농장'에 가는 날이다.

고랭지 배추와 씨감자를 운반하는 꼬불꼬불 트럭 길, 고갯마루에 이르니 '구름 위의 땅 안반데기' 표지판이 안내한다. 첩첩산중 구릉지丘陵地에 핀 감자꽃이 나를 반긴다. 농막에서 하룻밤을 묵으며 달빛과 별빛 아래 감자꽃 세레나데를 듣고, 아침 운무雲霧와 일출을 볼 참이다.

지명 표기가 '안반덕 또는 안반데기'인 이곳은 해발 1000~1140m로 고랭지 감자와 채소 단지다. 동해가 바라보이며 동남향으로 타 지역보다 평균온도가 8~9도 낮다. 국토 개발단 천여 명이 1968년부터 6년간에 걸쳐 개간한 60만 평은 40~60도 비탈진 자갈밭으로, 새마을사업과 함께 허기진 보릿고개와 서민의 섬유질 결핍을 넘고자 태어났다.

　감자 파종은 4월에 한다. 감자가 주렁주렁 열리도록 씨눈이 땅속을 향하게 심는다. 경작된 감자는 전량 농협에서 수매하여, 전국 씨감자 80%를 충당한다. 배추는 5월에 모종하여 8월 초순 출하를 마친다. 고랭지배추 식별은 잎을 접으면 꺾이고, 식감이 아삭아삭하다. 김치는 오래 보관해도 물러지지 않는다. 이곳 감자와 배추는 남[양]녀[음]가 서로 교대하듯 윤작輪作한다.

　감자가 여물었을 때, 바이러스 침투 방지를 위해 순을 죽이고 땅속에 그대로 두었다가 눈 오기 직전 10월에 캔다. 여름에 캐면 씨감자로 보관하기가 어렵기 때문이다. 씨감자는 주먹만 한 크기가 표준이다. 씨눈 개수가 정해져 있으므로 씨감자가 너무 작거나 너무 커도 안 된다. 썩은 것이나 상한 것이 포함되면 걷잡을 수 없이 주위 것들을 썩게 하므로 세밀히 선별한다.

　유년시절, 수확한 감자는 장마 또는 병충해로 썩어 반타작이었다. 썩은 감자를 독에 담아 물로 우려내느라 그 냄새는 온 마을을 진동케 했다. 다행히 씨감자 경작과 더불어 감자를 썩히는 바이러스 방지 경작 법이 개발된 것이다. 바이러스에 오염되지 않은 씨감자는 약발이 2세까지 한限 한다.

　감자 종류는 수미, 조풍, 선농 등 14개 품종으로 쪄 먹는 감자와 반찬용 감자로 분류하는데, 남작·선농은 전분이 많아 반찬용으로 하면 부스러져 낭패다. 꽃, 껍질, 속살의 3색 모두 일치한 분홍 감자는 저칼로리 알칼리성 식품이며 아리지 않아 생식할 수 있다. 어렸을 적

허기를 채우느라 밭에서 캐어 그 자리에서 먹었던 분홍 감자, 분홍빛 감자꽃이 눈에 선하다.

감자 싹은 '솔라닌'이라는 독성으로 식중독을 일으킨다. 탄생된 싹을 먹지 못하게 감자 스스로 방어하는 생존 보존 섭리다. 대신 발아發芽 직전의 감자는 내부 양분이 배양돼 높은 당도와 맛을 낸다.

일출농장 농막에 도착하니 해질 무렵, 겹겹이 쌓인 계곡에 안개가 자욱했다. 곧 동해안 푄 현상이 일어날 징조다. 아니나 다를까 안개가 비탈밭 위로 '쉭쉭' 소리 내며 기어오른다. 바짓가랑이를 스쳐가는 운무雲霧다. 아침저녁 두 번 나타난다. 밭은 안개에 잠기고 나와 아내는 안개 위에 서 있는 고고한 신선이 된 듯하다. 석양에 비친 건너편 비탈에 쌍무지개가 뜬다. 별천지가 아닌가! 나도 아내도 탄성을 지른다.

한바탕 운무가 지나간 후에는 배추와 감자꽃에 이슬이 맺힌다. 잠시 후 높새바람이 이슬을 털어 땅을 촉촉이 적신다. 감자꽃이 필 때 주렁주렁 달린 구근球根에 씨눈 열매가 맺힌다. 주변 환경이 좋지 못하면 종족 유지 현상으로 감자꽃이 핀 후, 꽃 열매가 많이 열려 구근은 부실해진다. 장마가 끝나 열매가 열린 감자를 파면 썩었거나 벌레가 먹었지만, 이곳 고랭지는 감자꽃 열매가 열리지 않는다.

평지 논·밭의 자갈은 애물단지다. 하나 비탈밭 자갈은 장마 때 토사吐瀉와 급류를 막아주고, 햇볕에 쪼인 현열顯熱로 감자와 배추가 단꿈을 꾸도록 보온 덮개가 되어준다. 자연 섭리다. 개간 당시 자갈을 추려내지 않은 지혜가 고랭지 환경을 살렸다.

밤하늘 천장이 낮아 그럴까. 달과 별들이 머리 위에서 빗살 빛을 뿌리며, 전국 방방곡곡으로 갈 씨감자와 고랭지 배추의 장도를 위한 '월광 소나타와 별이 빛나는 밤에'를 연주한다. 눈이 부시다. 그러자 운무 이슬로 목욕한 감자꽃들이 일제히 '세레나데'를 부른다. 남향 관중석 배추들이 귀를 쫑긋, 메아리쳐 오는 선율을 감상하며 "쟤들이 내년에 여길 온대."며 속삭인다. 고요 속 장관에 가슴이 뛰고 숨 막힌다. 달맞이꽃이 기죽어 내일 달맞이를 그만둔다니 감자꽃 세레나데 탓이다.

다음날 여명의 하늘에 자색 구름이 드리우자 동해의 일출이 바다를 이글이글 달군다. 곧이어 운무가 비탈밭을 스쳐 오르자, 산바람이 바다를 식히려 내려 불기 시작한다. 일출농장 동트는 광경이다.

안반덕 고랭지! 배추 감자들이, 고랭지 개간을 창안했던 영도자의 혜안, 비탈밭을 개간했던 근로대원들의 땀방울, 일출 농장 형님의 보살핌에 감사하며 무럭무럭 자란다. 나는 운무와 자갈처럼 저들과 함께 곁에 있음에 감사했다.

안반덕 일출 농장을 뒤로하며 '감자꽃' 동시를 읊는다.

'자주 꽃 핀 건 자주감자. 파 보나 마나 자주감자.

하얀 꽃 핀 건 하얀 감자. 파 보나 마나 하얀 감자!'
아니나 다를까. '나도 감자꽃이다!' 분홍 감자꽃이 아우성치니 얼른 '분홍 감자꽃 세레나데'를 부르며 달랜다.

'분홍 꽃 핀 건 분홍 감자. 캐 보나 마나 분홍 감자!'

2016. 4

맷돌

"철아. '어처구니'가 없다. 어디 있는 지 좀 찾아봐라." 하신다. 내일 군에 간 형이 첫 휴가를 온다는 군사우편이 왔으니 어머니는 두부를 만들 작정이셨다. 지난번에 분명 시렁 위에 올려놓았는데, 동생이 갖고 앞집 좌달이와 자치기하러 갔나 보다. 집 앞에서 동생은 과연 어처구니로 자치기를 하고 있었다. 어이가 없었다.

맷돌 손잡이를 '어처구니 또는 어이'라 불렀다. 맷돌을 돌려야 하는데 손잡이가 없으면 난감하여 그렇게 불렀는지도 모른다.

맷돌은 고대 농경사회 시절부터 집안에 없어선 안 될 필수품이어서 전당품으로 잡지 못하도록 율법으로 규정하였다. 아들이 장가들어 분가할 때 마련해주는 살림도구였다. 집집마다 맷돌 소리와 다듬잇돌 방망이 소리가 어울리는 그 정겨웠던 시골마을이 눈에 선하다.

중학교를 마칠 때까지 어머니와 맷돌 가는 것은 내 몫이었다. 맷돌을 갈면서부터 내 마음을 갈고닦은 지도 모른다. 맷돌은 투박해 보이나 모가 나지 않게 상당히 정교하게 만든 장인匠人 작품이다.

맷돌은 곰보처럼 얽은 두 개의 돌이 위, 아래로 겹쳐 한 짝이 된다. 아랫돌 윗면은 볼록하고 중앙에 돌기 중쇠(수쇠)가 있고, 윗돌의 아래면은 오목하고 중앙에 구멍이 있는데 중쇠(암쇠)이다. 수쇠와 암쇠가 딱 맞게 되어 회전 시 이탈하지 않고 돌아가니 금실 좋은 부부를 상징한다.

윗돌 가장자리에 어처구니 쐐기 구멍이 있고, 곡식 투입구 맷돌구멍이 중앙에 위치한다. 자연스럽게 굴러 들어가게끔 아래로 나선형으로 뚫려 아랫돌 면에 연결된다. 자세히 보면 곡선 모양의 태극 문양을 하였으니 배달겨레의 풍속과 얼이 조각된 숨 쉬는 유품이다.

말린 옥수수, 팥, 메밀, 녹두, 도토리 등을 타갤 때 투입된 곡식은 맷돌구멍을 통하여 시계 방향으로 굴러들어간다. 반대로 돌리면 투입된 곡식이 토해진다. 한 방향을 고수해야 한다. 그러니 맷돌은 고지식한 원칙주의자이다.

어머니와 마주 앉아, 손잡이를 잡아 반 바퀴 돌려 내 앞에 오면 어머니가 어머니 쪽으로 반 바퀴 돌린다. 주거니 받거니 호흡을 맞추면서 자연스럽게 돌아가니 모자 정을 실타래로 감는 듯하다. 맷돌이 연자방아처럼 돌아가면서 힘듦을 덜어주는 진가를 발휘한다. 협업協業 정신을 몸소 느낀다.

맷돌은 정이 넘치고 온화한 모습을 지닌다. 아무리 단단한 곡식이라도 품에 안기면 잘게 곱게 타개진다. 어금니가 없는 어린이나 노인들을 위해 미리 씹었으니 침만 섞이면 탄수화물이 분해가 되어 소화가 된다. 맷돌은 외유내강하며 정성과 모성애를 베푼다.

맷돌질을 동생에게 인계할 때가 되었다. 동생은 왼손잡이다. 마주
앉아 안 쓰던 오른손을 쓰다 보니 무척 힘들어했다. 땀방울을 흘리며
극복했다. 동생은 맷돌을 통해 오른손마저 능수능란하게 쓸 수 있게
되었다. 손재주가 형제 중 가장 뛰어났으니 맷돌은 손[手]의, 아니 삶
의 조련사이다.

내가 결혼해 고향 아버지 산소를 찾아뵈었을 때, 어머니가 맷돌을
내다 주시면서 "맷돌처럼 살아라." 하셨다. 가슴이 울컥, 뜨거운 눈물
이 앞을 가렸다. 나에게 주시는 유일한 상속, 세상에서 가장 값진 유
산이었다. 아버지가 돌아가시기 전에 장만하신 것이다. "맷돌같이 살
겠습니다." 다짐했다.

예의 그 맷돌을 거실에 안치하니 부모님과 함께 사는 것 같아 행복
하다. 부모님처럼 소박한 삶을 추구하니 항상 마음이 부자다. 출퇴근
할 때 맷돌과 무언의 인사를 한다. 맷돌을 바라보노라면 '욱'하는 급
한 성격이 가라앉으며 차분해진다. 그러니 맷돌은 나에게 정신 수양
을 시켜주는 스승인 셈이다. 이사를 할 때마다 맷돌도 함께 이사를
했다. 어느 날부터 집에 들어오면 뭔가 허전한 기분이 들었다. 알 수
없는 느낌이었다. 유심히 맷돌을 바라보니 어처구니가 보이지 않았
다. 찾느라 난리 법석을 떨었다. 어처구니가 발이 달렸는지 신장에서
찾았다. 어이가 없었다. 당장 맷돌에 끼워 놓으니 허전함이 사라졌다.
제자리에 있어야 할 존재를 일깨워준 일대 사건이었다.

아버지가 마련하시고 어머니가 보관하다 전해주신 고귀한 맷돌을

가보로 소중히 간직해 왔다. 우리 집 수호신이다. 우리 집엔 변변한 가훈이 없었다. 곰곰이 생각하니 '맷돌 인생' 보다 더 훌륭한 가훈이 없었다. 그날부터 '맷돌인생'을 나의 좌우명과 가훈으로 정하였다.

아, 맷돌인생― 고지식한 원칙주의자인 맷돌, 협업과 정신수양으로서의 맷돌, 또한 나의 유일한 가보인 맷돌, 그 맷돌에게 감사한다.

2016. 7

도리도리道理道理 짝짜꿍作作弓

신록이 깃든 호수공원을 한 바퀴 돌고 집 앞에 오니 땀이 났다. 회화나무 그늘 벤치에 앉아 쉬려는데 맞은편 벤치에서 할머니가 손자를 봐주고 있었다. "도리도리, 짝짜꿍, 죔죔, 곤지곤지" 한다. 오랜만에 듣는 정겨운 소리다.

배꼽을 간질였는지 아기가 '까르르' 웃는다. 아기 눈동자는 해맑아 태양처럼 빛났다. 배달민족 전통육아법 단동십훈檀童十訓* 기氣 동작 네 가지를 반복했다. 형형하기 어려운 기가 주위를 맴도는 것 같았다.

할머니는 손자에게 도리도리로 뇌 활성화를 시켜 신명 나는 아이로 키우고 있었다. 단군시대 왕족들의 육아법을 실천하고 있는 것이다. 그런 점에서 할머니는 단군왕검의 정통 후계자인 셈이다. 메모장에다 단동십훈 동작과 뜻을 적어 할머니한테로 갔다. "까꿍"하니까

---

* 단동십훈檀童十訓 129쪽 참조

아기가 배시시 웃다 할머니 품에 안겼다. 생후 팔 개월 된 손자였다.

메모지를 건네주며 메모지에 적힌 동작 순서로 하면, 두뇌 발달이 잘 되어 앞으로 '말더듬이'는 안 될 거라 했다. 할머니는 아기를 바라보며 "오늘 우리가 선인을 만난 복 받은 날"이라 했다. "단동십훈은 뇌파 운동 수련할 때 알게 되었다" 하니 고개를 끄덕였다. '말더듬이'라 강조한 것은 친구, 아들, 외손자와 겪었던 기억이 떠올라서였다.

중학교 시절, 옆자리 친구가 말더듬이었다. 의사 표현할 때 숨이 막히는 듯하니, 듣는 이도 답답하고 애가 탔다. 다행히 친구들이 놀려대지 않았다. 국어 문법 시간, 선생님은 불완전 명사를 설명하셨다. 옆 친구가 꾸벅꾸벅 조니까 선생님이 "너 일어나!" 불호령이 떨어졌다. 친구가 혼비백산 일어났을 때 "방금 내가 무엇을 가르쳤어?" 하시자 친구는 내 옆구리를 찔렀다. 나는 손으로 입을 가린 채 "찹쌀, 멥쌀"이라 전했다. 친구는 들은 대로 "차차~ 압 싸알. 메메~ 엡 싸알" 얼굴을 붉히며 어렵사리 말했다.

"뭐라고? 무슨 찹쌀 멥쌀이야. 이리 나와!" 용케도 찹쌀 멥쌀로 판독하셨으니 과연 선생님이셨다. "가르쳐 주려면 똑바로 가르쳐 줘야지. 너도 나와!" 친구들의 '킥킥' 웃음 속에 나도 불려 나가 벌을 섰다. 그로 인해 나는 멥쌀, 친구는 찹쌀, 단짝이 되었다. 친구는 책 읽을 때나 노래할 때는 말을 더듬지 않았다. 신기했다. 독서나 노래로, 아니면 도리도리로 치유했는지, 지금은 언어장애에서 벗어났다.

나는 결혼 후 딸 연년생을 낳고, 육 년 만에 얻은 아들이 이목은 멀쩡한데 네 살이 되어도 말문이 막혀, 할 말이 입 안에 맴도는지 "데

데"하는 언어장애자였다. 아파트 아래, 위 층 분들이 걱정스러워했다. 허나, 말귀를 알아들으니 일시적 언어장애라 안심했지만 남몰래 가슴앓이를 했다. 연년생 딸을 돌봐주느라 겨를이 없어 도리도리를 못한 탓일까. 두뇌 발달이 늦었는지 다섯 살에야 말문이 터졌다. 그간 말 못했던 고통의 봇물이 터진 듯했다.

딸이 시집간 지 칠 년 만에 아들을 낳았다. 외손자도 외탁을 했는지 네 살이 되어도 말을 더듬었다. 별별 것이 다 유전되는가 싶었다. 말이 입안에 뱅뱅 도니 가슴을 치다가 머리를 땅에 처박기도 했다. 이 또한 말귀를 알아들으니 걱정할 것은 아니었다. 도리도리를 안 한 탓인지 다섯 살 되어야 말문이 터져 기억을 되살려 지금까지 못다 했던 말을 토하니 '재잘재잘' 청산유수다.

도대체 말더듬이는 왜 일어날까. 중학교 때 품었던 의구심은 아직도 풀리지 않는다. 말을 배우기 전에 청각장애자가 되면, 말소리를 들을 수 없기에 언어장애자가 되고, 말을 배운 후에 청각을 상실하면 자기가 한 말의 잘잘못을 알지 못하니 어눌해지다가 마침내 언어장애자가 된다고 하니 두 경우 다 청각과 관계된 일인가 싶다. 난 청각 문제는 없어 다행이라 여겼다.

그런데 요즈음 내 말이 어눌해지고 "아~ 어~"를 거듭한다. 달갑잖게 찾아온 이 불청객은 내가 무에 그리 좋은지 곁을 떠나지 않는다. 아내가 왜 자꾸 우물우물하느냐 핀잔을 주니 속상하다. 인자한 얼굴은커녕 말더듬이라니, 어디 한번 독서하듯 노래하듯 말해 볼까. '아니야, 아니야!' 도리질 치니 목에서 '서걱서걱' 소리가 나고 어지럽다.

남들은 늙어가는 것이 아니라 익어간다는데, 나는 나이를 먹으면서 말더듬 애[兒]가 되었다. 그리운 단짝, 찰떡 친구를 만나면 말문이 막혀 입만 벙긋거리며 쩔쩔 맬 테니 이를 어쩌면 좋단 말인고?

눈을 감으니 회화나무 벤치에서 만났던 할머니가 '도리도리 짝짜꿍'하며 미소 띤 얼굴로 다가온다. 그렇다. 시계가 거꾸로 돌아가 애가 된 꼴이니 '도리도리 짝짜꿍'이나 한 번 해보자! 도리질을 시간 날 때마다 반복하니 목이 유연해진다. '서걱서걱' 소리가 점차 사라지고, 말더듬 안개가 걷히는 듯싶다. 슬그머니 찾아온 사랑방 손님이 떠나려는가보다. 옳지, 잘 가라고 '도리도리 짝짜꿍'하며 환송하려는데, 단짝 찰떡 친구한테서 전화가 왔다.

---

* 단동십훈檀童十訓: 단동치기 십계훈檀童治基 十戒訓의 준말. 檀 : 박달나무 '단'은 단군을 뜻한다. 단군시대부터 구전口傳되어 온 전통육아법으로, 배달 자손 아이들이 배워, 지켜야 할 열 가지 교훈을 담고 있다. 단동십훈에는 주로 손으로 하는 동작이 많아 자연스럽게 아이의 두뇌발달을 활성화시켜주며 아이를 하늘이 주신 생명으로 여기는 인간존중 철학과 뇌 교육이 담겨있다. "너의 뇌 속에 하느님이 내려와 있다'라 단군시대 3대 경전 '삼일신고'에서 언급했다.

　1. 불아불아弗亞弗亞 : 기운이 하늘에서 땅으로 내려오는 것을 弗, 땅에서 하늘로 올라감을 亞라 함. 아기 허리를 잡고 세워서 좌우로 기우뚱 흔들며 '불아불아' 한다. 다리 힘을 길러 준다. 하늘처럼 맑은 아이가 하늘에서 내려왔다가 다시 하늘로 돌아가는 귀한 존재란 뜻이다.

　2. 시상시상侍上侍上 : 몸의 중심잡기 운동이다. 侍上은 웃어른을 모신다는 뜻이다. 아기를 앉혀놓고 앞뒤로 끄덕끄덕 흔들면서 '시상시상'한다.

　3. 도리도리道理道理 : 누워만 있던 아기의 백일 후 목운동, 뇌파진동 운동이다. 머리를 좌우로 돌리는 동작으로 천지만물이 무궁무진한 하늘의 道와 땅의 이치 理로 생겨났듯이, 도리로 생겨났음을 잊지 말고 좌우를 살펴

지혜로운 사람이 되도록 한다.

4. 지암지암持闇持闇 : 잼잼 또는 쥠쥠이라 하며, 혼미한 것을 두고두고 헤아려 참됨을 누 리라는 뜻. 두 손을 앞으로 내놓고 손가락을 쥐었다 폈다 하는 동작으로 참된 것은 잡아 실천하고 잘못된 것은 멀리하게 한다.

5. 곤지곤지坤地坤地 : 좌 우 검지로 손바닥 가운데 혈 자리를 찔러 여는 동작. 땅의 이치를 본받아 음양의 조화를 이루어 덕을 쌓으라는 뜻이다.

6. 섬마섬마西摩西摩 : '섬마섬마'란 '서다'의 준말로 손바닥에 아기를 세우고 이리저리 흔 드는 동작. 몸의 감각을 깨워 혼자 설 수 있는 힘을 키우게 함. 몸을 연마해 독립성과 주체성을 키운다.

7. 업비업비業非業非 : 바른 마음을 갖도록 가르치는 말로 '에비, 에비'라 한다. 자연섭리에 맞는 일이 아니면 삼가라, 그렇지 않으면 벌 받게 된다는 뜻이다.

8. 아함아함亞숨亞숨 : '아함아함'하면서 손바닥으로 입을 막으며 소리 내는 동작. 두 손을 가로 모아 잡으면 아亞 자 모양이 되어. 천지의 완전한 질서가 내 몸속에 하나가 된다. 내 안에 우주처럼 넓은 마음이 있다는 뜻이다

9. 짝짝꿍짝짝꿍作弓作弓作弓 : 손바닥을 마주치며 손뼉치는 동작. 음과 양의 에너지가 맞부딪쳐 삶과 하늘의 이치를 알게 되었으니 손뼉 치며 노래하고 춤을 추자는 뜻이다.

10. 질라아비 훨훨의地羅亞備 活活議 : 질라아비는 단군 할아버지를 뜻한다. 나팔 불며 춤추는 동작. 우주의 모든 이치를 깨닫고, 하늘과 땅의 기를 받았으니 단군 할아버지가 아이의 앞길을 훨훨 인도한다는 의미다.

　　구전되어 온 전통육아법이야말로 신명나는 아이를 키우는 육아법이며, '신명나는 아이는 뇌의 주인으로서 건강하고 행복한 삶을 창조하는 홍익인간 아이이다.'란 철학을 담아 계승하고 있다.

2016. 6

모주母酒 선생님

　감수성이 예민한 성장기에, 초, 중, 고등학교 담임선생님을 본받아 내 성격이 형성되었다 해도 과언은 아니다. 나는 지금까지 스승 복을 타고났다. 스승의 날을 앞두고 '부정의 부정은 강한 긍정이다.'를 가슴에 새겨주신 고3 담임선생님이 새삼 떠오른다.

　내일의 희망을 향해 가슴을 맞댄 은사恩師님은 고3 담임선생님이셨다. 자전거로 출근하시는 담임선생님을 기다리는 학생들은, 하학 때 보지 못 했던 돌 틈새에 피어난 들꽃을 보며 등교한 학생들이었다.

　선생님은 홍안紅顔으로 근엄하셨지만 다정다감한 분이셨다. 매일 자전거를 타고 등교하시다가 지각할까봐 조마조마한 학생들을 태우고 등교하셨다. 오죽헌에서 학교까지 먼 길, 춥든 덥든 하루도 빠짐없이 자전거로 통근하셨다. 어느 날 선생님께서 자전거 타이어가 터져 학생들과 자전거를 끌고 오시느라 늦으셨다. 교장선생님한테 한 말씀을 들으셨는지 얼굴이 더욱 붉으셨다.

단오를 지나자 불볕더위 가뭄에 강물은 바닥을 드러냈고 논밭은 타들어갔다. 고3인 우리는 논 경작지, 지하수 파기 사역에 동원되었다. 하루 종일 팠지만 물은 없었다. 귀교 중 우리들은 삽, 곡괭이를 메고 시내를 지나면서 "우리는 공부하고 싶다."를 연호하며 학교에 집합, 동맹휴업을 결의하여 등교 거부를 했다. 주모한 반은 우리 반이었다.

학교는 비상이 걸렸다. 담임선생님은 밤늦게까지 자전거로 가가호호 방문하느라 곤욕을 치르셨다. 3일 후 등교했지만 선생님은 주모자 퇴학 처벌에 완강히 맞서다 교육청에 출두하여 각서를 쓰고 가까스로 수업이 재개되었다. 선생님께서는 하루하루가 여삼추如三秋* 였다.

출석부를 교탁에 놓으며 "오늘부터 나는 퇴학하여 갈 데 없는, '검정고시를 치러야 할 반' 담임선생이 되었다."하시니 우린 모두 새가슴이 되었다. "너희들 삼일 까먹었으니까 대신 삼 개월을 앞서가야 한다. 검정고시 반이니 다시는 동맹휴업을 안 하리라 본다. 부정의 부정은 강한 긍정이다. 알겠느냐?" 일제히 "네" 했다." 아니 굳은 맹세였다. 그 날 이후 선생님에게서는 매일 아침 술 냄새가 났다. 모주 냄새, 그날부터 담임선생님을 '모주 선생님'이라 불렀다.

수업 재개된 다음날, 첫 시간이 담임선생님 영어 시간이었다. 모주를 드셨는지 얼굴이 불그레했다. 교재는 어빙(Irving) 작, 단편소설 '립 밴 윙클(Rip Van Winkle)'이었다. 미국 허드슨 강 유역에 사는 '립'이라

---

* 여삼추如三秋 : 가을 3개월, 3계절(9개월), 3년 같은 긴 세월. 如: 같을 여.

는 좀 모자란 사람이 잔소리와 구박하는 아내가 싫어, 술통을 지고 산으로 올라가는 노인을 따라갔다. 술 마시고 잠자다 깨어보니, 아무도 없고 주위환경이 변했다. 하루 만에 20년이 지난 줄 모르고 마을로 내려오니, 잔소리꾼 아내가 죽어 공처가를 면한 것은 다행이었으나 자기를 알아보는 이 아무도 없었다. 그간 독립전쟁을 치른 것이었다.

영문학과 출신답게 선생님 강의는 영문학 강의였다. 해학적 은유법과 시대 배경에 대하여 설명하고, 술에 덜 깬 채 비틀거리는 그림자를 앞세우고 마을로 하산하는 장면을, 유창한 발음과 흐느적거리는 제스처로 재연하시는 모습은 부활한 '립 밴 윙클'이었다. "강의를 제대로 하시려나?"는 기우는 언감생심이었다.

선생님께서 "어쩜 내 처지와 똑 같아. 누가 훗날 이 내용을 작사 작곡해 부르면 좋겠다."라고 하시자 빗방울이 유리창을 노크했다. 창문을 여니 폭우가 쏟아지며 온누리를 해갈시키지 않는가! '립'이 명강의에 탄복해 내려준 비였다. 립 밴 윙클! 모주 향기가 온 교실에 풍겼다.

하루 수업이 끝나면 우리는 도서관에서 공부를 하다 창밖, 머플러를 목에 두르고 자전거로 퇴근하시는 선생님을 눈으로 배웅했다. 담임선생님은 우리의 우상이었고 선망의 대상이었다. 다음날도 선생님은 여전히 불그레한 얼굴에 모주 냄새가 났지만, 우린 싫지 않았다.

그 해 10월, 도내 학력경시대회에 우리 반 셋이 응시했다. 영어 수학 등 5개 과목 부문 수석과 단체 우승을 차지했다는 방송국 뉴스를 듣고, 담임선생님과 3학년생들이 버스터미널에 마중 나왔다. 담임선생님은 우리 어깨를 감싸고 환희의 눈물을 흘리셨다. "이 주모자들, 검정고시 반 놈들이 일을 저질렀구나!" 하시니 참았던 눈물을 감출 수 없었다.

'대관령 장엄하게 높이 솟았고, 동해에 푸른 물결 굽어보는 곳. 슬기로운 새 역사의 창조자들이 배달의 정기 받아 여기 모였네…' 밴드에 맞추어 교가와 응원가를 부르고, "우리는 공부하고 싶다."라며 연호했던 그 도로를 따라 교정에 오니, 담임선생님은 "너희들 내친김에 '마로니에 교정'에 입학하여 주모자 오명을 벗으라." 하셨다.

해서, 담임선생님 기대에 부응, 우리 3인방은 단과대학은 다르지만 그 '마로니에 교정'을 밟는 스승님 후배가 되었다. 돌 틈새 핀 들꽃을 보며 등교한 까까머리 주모자들이다.

직장에 들어간 후 선생님을 모시면 모주로 대작하며 애기가 끝이 없었다. "교직 40년 간 1964년은 잊을 수 없는, 악동들로 인하여 희비가 교차된 해였고, 동맹휴업 3일간 머리가 희었다. 박봉이라 모주로 때울 수밖에 없었다."는 고백에 목이 메고 가슴이 저렸다. 그것도 모르고 모주 선생님이라 하였으니, 아, 이 불경죄不敬罪를 어찌하면 좋으랴!

내 몸에 노래 날개와 돛대를 달고, 아니 노래 바이러스에 감염되었는지 '립 밴 윙클'을 염두에 두고 십여 년간 노래방을 기웃거렸다. 드디어 천재일우千載一遇로 선생님이 바라셨던, 들려드리고 싶은 노래를 찾았다. 그 노래를 처음 부르니, 천상天上의 담임선생님께서 호쾌하게 모주를 드시며 "한 번 더," 하시는 듯해, 부르고 또 불렀다.

'긴 잠에서 깨어 보니 세상이 온통 낯설고
아무도 내 이름을 불러 주는 이 없어, 나도 내가 아닌 듯해라

… 중략 …

누군가 말을 해 다오. 내가 왜 여기 서 있는지
그 화려한 사랑의 빛이 모두 어디로 갔는지
멀~리 돌아보아도 내가 살아온 길은 없고
비틀거리는 걸음 앞에 길~고 긴 내 그림자.'

― 「잊혀진 여인」 임희숙

호쾌한 웃음. 부정의 부정은 강한 긍정이라고 각인시켜 주신 호연지기浩然之氣 모주 선생님. 달착지근한 모주 한 잔을 대하니 대작하셨던 선생님이 그립다. 닮고 싶은 선생님의 체취, 그 향기가 마냥 그립다.

2017. 3

움돋이의 꿈

　"날 좀 보소, 여기요, 여기!" 외치는 소리에 발길을 멈춘다. 양배추 밭, 움돋이* 목소리다. 고랭지 밭을 지나는 발걸음 소릴 들었는가 보다. "형님 농막을 찾아가는 길이니, 좀 있다 오겠다."라며 눈길을 보낸다.

　채소 값이 천정부지로 올라 금 배추에 이어 양배추도 고공 행진을 하니 이삭 배추도 자취를 감추었다. 해가 하루도 쉬지 않고 양배추 밭에 햇빛을 뿌리며 넘어갔던 산등성이엔 구름이 휘장을 치고 있었다.

　달이 양배추 밭을 내려다보며 자기를 닮은 녹색·자색 양배추를 신기하게 여겼다. 텅 빈 밭에는 이제 움돋이가 그 자리를 채우려고 한다. 가을도 서둘러 하산하여 돌보는 이 아무도 없으니 움돋이가 기나

---

* 움돋이 : 초목 밑동을 잘라낸 자리에 돋아난 싹.

긴 겨울동안 삭풍이 몰아치는 언덕 밭을 지켜야 한다.

움돈이는 자기가 양배추인 줄로만 알고 있지만 뿌리는 말이 없다. 뿌리는 양배추에 꽃을 피우려 했는데 사람들이 밑동을 잘라버렸으니, 마지막 혼신의 힘을 다해 싹을 틔웠다. 뿌리에 남은 자양분으로 그루터기에 돋아난 두세 개 싹, 씨받이 제2 인생이 바로 움돈이다. 꽃을 피워 씨를 맺을 '꿈'을 안고 태어났다. 종족보존을 위한 강한 생명력에 연민의 정을 느낀다.

움돈이는, 일조량이 부족하여 달빛·별빛에 호소 하지만 여전히 차가운 빛이다. 체구에 걸맞게 잎사귀 성장을 억제하고, 수분 섭취가 적도록, 잎을 오므려 둥근 모양으로 옹골져 간다. 유전자는 못 속여 한 달 만에 양배추 모양새를 갖춘다. 영하 25℃의 동장군을 이겨내려고 속옷은 겹겹이, 겉옷은 가죽 같은 옷을 입는다. 참으로 용하다.

양배추가 위胃에 좋고 각종 식용으로 각광받지만, 주먹만 한 움돈이는 열배 큰 양배추 양분을 함축 저장한, 고농도 영양분 보고寶庫다. 양보다는 질을 대표하는 미네랄 왕자다. 야무지고 딴딴하며 옹골지다. 오래 보관해도 탈이 없다. 겉절이나 쌈용으로 제격이다. 살짝 네쳐 햇볕에 말리면 껍질이 반질반질 윤이 난다. 비타민 D도 덩달아 생긴다. 버섯 대용이며, 튀각은 일품이다. 양배추보다 품격이 높은 정승 반열이다.

양배추를 출하한 밭에서 움돈이를 채취했다. 별도 관상용으로 녹색, 자색 각각 열 뿌리 움돈이를 흙과 함께 채취, 봉지에 넣어 상자에 담았다. 밭에 있는 움돈이는 보이는 대로 흙을 덮어 주었다. 동사凍死

를 면하면 내년 봄에는 꽃이 필 것이다.

귀가하여 식용 움돋이와 관상용 움돋이를 이웃에게 전하고 곧바로 화분에다 움돋이를 심어 햇빛이 드는 창가에 놓았다. 낯설어 그런가. 두 달 동안 꿈쩍 않았다. 드나들 때 자꾸만 '창가의 망부석' 움돋이에게로 눈길이 갔다. 꿈쩍도 하지 않았다. 동면하고 있겠지 했지만, 내 속은 타들어갔다. 분양받은 집집마다 실망스러운 기색이니 괜한 짓을 했나 싶었다.

정월. 드디어 딴딴했던 겉껍질이 벌어지기 시작했다. 녹색은 녹색대로 자색은 자색대로 잎이 한 겹씩 벌어지니 내 입도 벌어졌다. 집집마다 경사가 일어났다. 만나면 화두는 당연 움돋이였다. 움돋이가 기지개를 폈다고.

2월 접어들면서 잎들이 줄기를 따라 층층이 피었다. 앙증스럽게 자라 분위기를 압도했다. 3월이 되자 꽃대가 솟구쳐 꽃이 피었다. 신비스러웠다. 노란색·보라색 꽃향기가 방안에 잔잔하니 감개무량, 저절로 콧노래가 나왔다.

모처럼 단잠을 자고 나니 개운했다. 그런데 꽃향기를 맡을 수 없었다. 무슨 일인가 싶어 다가갔더니 갑자기 환청이 울렸다. 한 밤을 꼬박 새워 초췌한 얼굴로 "할아버지. 바람도 불지 않고, 벌도 오지 않았어요. 바람이나 벌을 불러주세요. 아니면 차라리 고랭지로 보내주세요. 여기는 감옥, 감옥이에요." 하는 듯 원망에 찬 눈초리였다.

작년 4월, 고랭지에 핀 움돋이 꽃이 너무 고상하고 아름다워 거실에서 두고두고 보며 감상하려 했던 게 아닌가! 움돋이 꿈은 꽃 열매를 맺는 것이었는데 거실 관상용으로 삼으려 했으니, '소리 없는 하소연'이었다. 씨를 맺으려 향기를 풍겼는데 바람이 불지 않고, 벌도 안 오니 향기가 멈추었다. "아, 그렇구나!" 내 얼굴은 대춧빛이 되었다.

당장 움돋이 화분을 옥상 화단에 옮겨 놓았더니 그제야 꽃들이 멈추었던 향기를 진하게 뿜어댔다. 어느새 벌이 날아와 꽃 사이를 넘나들고 있잖은가. 옥상에 갈 때마다 "날 좀 보소, 여기요." 하며 반겼다. 움돋이 꿈을 앗아버릴 뻔했으니 "휴~!" 가슴을 쓸어내렸다.

마침내 열매가 주렁주렁, 나만 보면 마냥 싱글벙글 "여기, 여길 봐요." 한다. 움돋이의 꿈이 이루어졌다. "바람 부는 옥상에서 벌·나비를 만나 씨를 맺는다."라고 고랭지 친구들한테 전해 달란다. 타향살이도 정이 들면 고향이나 진배없다고 했는가! 주어진 환경에 적응하는 움돋이 의지가 가상했다.

4월이 되자 소식도 전할 겸 고랭지에 갔더니 움돋이가 꽃을 피웠다. 혹한을 이겨내고 꽃 핀 인동초忍冬草다. 바람도 불고, 벌이 날아들어 움돋이 제2인생을 탄생시키고 있으니 자연 섭리에 무한한 경외敬畏를 느낄 수밖에 없었다. "할아버지! 흙을 덮여주신 덕분에 무사히 겨울을 잘 넘겼어요. 시집 간 친구들도 꽃을 피워 꿈을 이루고 있죠?"라며 인사한다. "그래, 잘 있단다. 꽃이 피어 바람도 불고, 벌·나비가 찾아와 씨를 맺고 있단다."라고 답했지만 민망스러웠다.

2016. 4

연鳶 날리기

　　외손자 '희우'가 연 만들기. 연날리기 체험학습 하러 토요일 집에
온단다.

　　지난주 딸집에 들렀더니 초등학교 3학년인 손자가 만화로 엮은 '태
극천자문'을 띄고, 다음은 '명심보감'을 공부할 거라고 했다. 요즘 세
상에 이런 일이! 기특하게 여겨 무슨 선물이라도 주려했는데 마침 잘
되었다. 즐거운 일감이 생겼다. 문방구에 들러 가오리연 두 개와 얼레
(실패) 네 개, 방패연 만들 재료를 샀다.

　　토요일 오전 '희우'가 와서 연 만들기가 시작됐다. 두 가오리연의
허릿살을 해체하여, 한 허릿살로 붙여 쌍연雙鳶을 만들었다. 두 얼레
의 실을 한 얼레에 합쳤다. 높게, 멀리 날리기 위해서였다. 꼬리에 은
박지를 붙였다.

　　'방패연 만들기' 전에 도형을 설명하고, 연의 역사를 알려주었다.
연은 BC 400년대에 그리스 '알투스'가 처음 만들었다. 그 후 그리스

사람들이 가장 균형이 잡히고 높이 날릴 수 있는 연 도형을 발견하였는데, 가로 세로 비율이 황금비율이고, 비행 균형을 잡아주는 연실의 꽁숫구멍 위치가 황금분할 지점이었다. 이 황금비는 찬란한 르네상스 문화를 탄생시키는데 기여했다.

한지韓紙가 발달한 우리나라에선 삼국시대부터 연을 만들어 날렸다. 김유신 장군이 비담의 반란을 제압할 때 풍연에 불을 달아 민심을 수습하였고, 최영 장군이 제주도 적성을 함락 시 심리전으로 연을 활용하였으며, 이순신 장군이 띄운 전투 신호연은 암호 전달 수단으로 활용되었다. 희우는 귀를 쫑긋하며 들었다.

한지에다 그린 방패연 도형대로 구멍을 내고 댓살을 붙였다. 이어 댓줄을 팽팽하게 묶은 목줄에다 연줄을 연결했다. 연을 뒤집어 상단에 태극기를, 아래에 은박지를 붙였다. 두 얼레 실을 한 얼레에다 합쳤다. 높이 띄우기 위한 비결이 완성되었다. 황금분할대로 하느라 손자 이마에 땀이 송골송골 맺혔다. 오전이 후딱 지나갔다.

점심 식사 후 호수공원 '노래하는 분수대 광장'에 갔다. 마침 잔잔한 바람이 불었다. 희우는 얼레를 풀고 감는 방법을 연습하고 가오리연부터 띄우기 시작했다. 순조롭게 떠올라 얼레 실을 반 쯤 푸니, 다른 사람들이 띄운 이 연, 저 연보다 쌍 연은 높이 솟았다. 한 쌍의 연은 '날 좀 보소, 날 좀 보소.'하며 연리지連理枝처럼 손잡고 춤을 춘다. 자리를 옮기며 살래살래 고리를 흔들며 춤춘다. 어두움이 깔리는 저녁, 노래하는 분수대의 휘황한 조명을 받으며 무도회 공연을 한다면 박수갈채를 받을 것이다. 게다가 방패연도 등장한다면 금상첨화 일

것이다.

희우가 연실을 다 푸니 남들 연보다 두 배 높이 떴다. 꿈을 실은 점 하나, 은박지가 햇빛에 반사되어 낮에 나온 별 같았다. 창공에서 다정하게 속삭이며 유영하고 있었다. 사람들이 고개를 쳐들고 바라보았다. 연은 하강下降 지시에 따라 꼬리를 흔들며 사뿐히 내려앉아 1차 비행을 마쳤다. 희우 얼굴은 상기되었다. 내가 처음 연을 날려보았을 때처럼.

다음은 방패연 차례다. 방패연은 공중묘기의 곡예사다. 조종하는 사람에 따라 묘기백출한다. 이동하면서 상하좌우로 방향을 바꿀 수 있는 종횡 무진한 투사로서 연싸움에 많이 사용된다. 급전직하·수직 상승하는 비행은 독수리나 송골매도 부러워한다. 성질이 사나워 길을 잘 들여야 한다. 바람의 아들 풍운아다. 이. 착륙은 가오리연보다 훨씬 어렵다. 과연 잘 될까 가슴을 졸였다. 방패연을 든 나나 얼레를 쥔 손자나 마찬가지였다.

하여튼 시도를 했다. 연을 띄우며 동시 연실을 감았다. 그러나 방패연은 몸을 뒤틀며 심술을 부렸다. 뜨는가 싶더니 추락을 했다. 곤두박질칠 때마다 이마에 식은땀이 났다. 손자가 얼레를 들고 앞으로 달리니 연은 위로 솟았다. 연실을 풀자 바람에 안겨 비상했다. 전후·좌우 자리를 옮기며 얼레 연실을 풀었다 감았다 하니, 연은 직하·직상 묘기 비행을 했다. 이리 당겼다 저리 당겼다 연실 당기는 방향과 바람 방향에 따라 연의 행로는 변화무쌍했다. 바람의 아들이었다.

얼레 연실을 더 푸니, 연실이 완만한 곡선으로 휜 변곡점에서 연은 수직으로 하늘 벽을 타고 올라가 별자리를 찾고 있었다. 희우는 까마득히 뜬 유성 같은 비행접시를 얼레 질로 조정하는 1등 소년 조종사였다. 얼굴엔 신비로움과 기쁨이 넘쳤다. 신이 난 모습은 어쩌면 유년시절 앞집 '연달'을 빼닮았다.

유년시절 정월 대보름날. 나는 방패연을, 연달은 할아버지가 만들어주신 가오리연을 띄웠다. 해질 무렵이 되자 연달은 눈물을 흘렸다. 연을 액면厄免으로 놓아주라는 할아버지 말씀 때문이었다. 연을 우리 집에 보관했다가, 내일 다시 연을 날리다 나중 액면 하기로 했다. 한데 집에 가져 온 가오리연에 글씨가 쓰여 있었다. 함경도에서 오신 연달 할아버지·동생과 누이 이름, 연달 집 주소였다. 액면을 하는 게 아니었다. "내가 여기 있소"란 소식을 전하려 했던 희망. 그리움이 서려 있었다.

다음 날 연날리기를 다시 하다가 연을 놓아주었다. 연달은 북녘으로 자유롭게 날아가는 연이 사라질 때까지 물끄러미 바라보며 자리를 뜨지를 않았다. 요즘 탈북자들이 풍선을 띄워 보내고 자리를 안 뜨듯이. 아! 연은 이처럼 꿈·그리움을 싣고 날았다.

희우는 가오리연·방패연을 번갈아가며 띄웠다. 나와 높이 띄우기, 묘기 비행 시합도 했다. 연실을 풀었다 당겼다, 손자의 묘기비행 기술은 나보다 한 수 위였다. 체험일지에 무얼 쓸지 몰라도 '최선을 다해 연을 만들었기에 높이, 멀리 띄울 수 있었고, 연의 손자병법도 터득했다.'라고 써도 될 성싶었다. 오후도 시간 가는 줄 몰랐다.

높이 날아 멀리 바라보는 연 날리기를 했으니, 희우는 내가 꾸었던 꿈보다 훨씬 큰 꿈을 꿀 게다. 그래, 그 꿈이 이루어지는 게 바로 내 꿈이기도 하다.

순풍을 탄 연이 하늘 높이 올라, 반짝반짝 꿈을 비추고 있다.

2016. 5

모정탑

　노추산 모정탑 탐방을 하러 가리왕산 자연휴양림을 지나다 보니, 동계 올림픽 활강경기 알파인 스키장 공사가 진행 중이었다. 분산 개최의 논란 속에 우왕좌왕하더니, '하나의 열정'으로 일사불란하게 한 몸이 된 모양이다. 구절리에 접어드니 옛날 두메산골이 아니었다. 레일바이크장은 만원사례였다. 잠시 들러 동심의 추억으로 돌아가려던 생각을 접고, 예정대로 가다 오장五丈폭포 앞에서 발길을 멈추었다. 노추산 정상에서 물줄기를 돌려 행객의 마음을 씻겨주는 인공폭포다. 돌 틈 사이에서 쏟아지는 폭포는 바닥에 부서지는 포말 속에서 바람이 일어난다. 가슴이 시원했다.

　폭포 물보라를 뒤로하고 가다보니 강릉 왕산면 대기리 노추산모정탑 표지판이 보였다. 송천강 다리를 건너자 모정탑 안내문이 있었다. 차옥순 할머니가 두 자식을 잃은 데다 남편의 정신질환 등 끝없는 우환에 시달리다, 어느 날 꿈속 신령 계시에 따라 1986년부터 2011년까지 3000기 돌탑을 세웠다는 사연이었다.

1km 전방 돌탑에 이르는 비포장길을 따라 금강송이 붉은 몸매를 뽐내고, 길 좌우로 구절초九折草가 가지런히 자라고 있었다. 아! 얼마나 반가운 만남인가. 음력 9월 9일 중양절에 아홉 마디가 된다는 구절초. 아버지 생신날 멀리서 오신 고모님들에게 중양절에 담근 구절초 국화주에다 찹쌀가루에 묻혀 튀긴 꽃송이 부각을 안주로 대접하던 그 들국화가 아닌가? 만주까지 여성의 미와 모성애가 가득한 백의민족의 들국화이다. 산에서 피고·지는 구절초야말로 모정의 인품을 지녔다.

늘막골 계곡천이 송천강에 합류하는 지점, 나무다리를 넘자 돌탑길이다. 망을 보던 다람쥐가 나무를 타고 내려와 돌탑을 맴돌며 길을 안내한다. 탑들을 이리저리 살피며 개수를 세면서 올라갔다. 길 양편으로 배열된 돌탑 모양새는 다 다르다. 바닥 돌부터 꼭지 돌까지 다듬지 않은 자연 그대로의 모습으로 고였으니 꽤나 품이 많이 들어간 작품이다. 산자락에 나뒹굴거나 발에 차이는 쓸모없는 돌들을 삼태기나 발채에 담아 옮겨 쌓은 공든 탑들이다.

탑 숫자 세기를 포기하고 돌탑 길 끝 정상에 이르러 살펴보니 협곡 형국은 마치 두루마기 같다. 동정 깃처럼 두 줄기의 계곡천이 합류하여 아래로 흘러 송천강에 이른다. 동정 깃 오른쪽에 옹기종기 작은 탑을 쌓고, 고름을 맨 '고' 왼편에 성곽과 성내에 탑으로 마을을 옹기종기 축조하였고, 두 고름을 따라 아래로 돌탑을 쌓았다. 고름 매듭에는 샘터가 있고, 동정 깃 사이에 움막을 지었다. 절묘한 배치다. 가슴에 품은 배치도로 탑진塔陣을 꾸몄으니 기가 막힌다.

이 산은 설총이 입산수도한 후 이두문자를 창제했고, 율곡 이이李珥 또한 수도한 후 격몽요결擊蒙要訣을 썼던 신령스러운 산이다. 설총이 공자와 맹자를 기려 이 산을 노추산으로 명명하였는데, 훗날 유림들이 노추산 정상에 이성대二聖臺를 짓고 두 성인聖人의 위패를 모셨다.

반면 차옥순 할머니는 혈혈단신 여염집 아녀자로서 가정우환 치유를 넘어, 세속의 아픔과 국난·사회갈등 해소 차원에서 돌탑을 쌓기 위해 지은 움막이야말로 일성대一聖臺인 셈이다. 신의 계시가 있었다 하더라도, 25년간 모정의 의지로 쌓은 3,000기 돌탑, 불가사의한 기적을 쌓았다.

돌탑 축조 초기, 움막이 가까운 성곽과 성내 탑을 쌓으며 수많은 시행착오를 겪었을 것이다. 시련을 딛고 좌절하지 않았다. 탑을 쌓을 수 없는 겨울과 여름 장마 기간(6개월)을 감안하면, 평균 3일에 2기를 쌓은 셈이다. 매 돌탑마다 배달겨레의 숨소리를 간직했다. 장인匠人도 아닌, 아낙네 홀로 지속했으니 믿기 어려운 일이다. 손발이 성할 리가 없고, 허리 펼 날이 없이 모정의 세월을 바쳤으니 경외스럽다.

산짐승 울음소리를 들으며 별과 달빛 아래서 그린 설계도에 따라 배치한 진陣은, 움막이 백두산 천지라면 두루마기 고름 따라 내려뻗은 돌탑 행렬은 백두대간이다. 혹 순례자들이 세파에 찌든 영혼을 씻어버리고 말끔하게 돌아갈 때, 구비마다 돌담과 겹 울타리를 쌓아 빗나가지 않도록 인도했다. 적설이 녹아 탑 길을 넘쳐흐를 때, 계곡 천에 합류하도록 돌탑 간격을 벌려 놓은 배려를 보라! 보잘것없는 돌

하나하나도 노추산 정기를 쌓은 모정의 세월에 압도되어 주위 풍광을 논할 겨를이 없다.

설총과 율곡 이이 두 성현은 입산수도 하산하여 중생을 계도했으나, 할머니는 산속에서 순례자들의 세속 번뇌를 씻어주고, 경강선 KTX와 동계 올림픽이 무사히 치러진 후, 영명한 지도자가 나타나 국론을 하나로 묶고, 나아가 민족 통일을 염원한 숨결이 단풍에 어리어 유난히 투명하다.

사람 마음이 변하는 것은 순식간인데 허구한 날 끼니도 제대로 못 한 채, 한결같이 오직 나라와 겨레를 위해 돌탑을 완성하여 대한민국 남녀노소 모두가 다녀가야 할 순례길을 남기셨다. 할머니는 마을 사람들에게 '돌탑 보존' 유언을 남기고 동계올림픽 성화를 보지 못한 채 안타깝게도 68세로 소천召天 하셨다. 마을 사람들이 할머니의 거룩한 '어머니 마음'을 기려 돌탑을 모정탑으로 명명했다.

할머니가 지고 다닌 지게와 닳고 닳은 살림도구를 보자 가슴이 요동치고 눈시울이 뜨거웠다. 기거하셨던 움막 앞에서 묵념하며 할머니가 기원하셨던 모든 것이 이루어지기를 기원했다. 구절초 국화주로 헌주獻酒하지 못해 아쉬워 발길을 돌릴 때, 산 위에서 소슬바람이 환송하러 내려온다. 할머니 구슬땀을 식혀주던 그 산바람이다.

2015. 10

궤도 이탈

지구와 달이 서로 궤도를 따라 자전.공전하여 하루, 한 달, 한 해, 세월이 흐른다. 일정한 궤도로 자전, 공전하다가 궤도 이탈된다면 지구는 미아迷兒가 될 텐데, 궤도 이탈되지 않으니 인력이란 자연법칙의 위력을 새삼 느낀다.

어제, 2017년 2월 1일. 지구, 달, 화성, 금성이 일직선 되는 날이라 보도되어, 볼 수 있는 시간을 기상청에 문의하여 쌍안경을 들고 옥상에 올라갔다. 저녁 7시 47분경 초승달을 중심으로 5시 방향으로 화성, 금성이 일직선상에서 반짝인다. 13년 주기로 궤도 이탈하지 않고 일어나는 것을 보았으니 나는 행운아였다. 인류가 보낸 인공위성이 저 달과 화성을 공전하고 있겠지 생각하다가 외손자와 팽이로 위성 놀이했던 일이 떠올랐다.

작년 설날. 외손자가 오후에 세배하러 왔다. 세배를 하고 주머니에서 팽이를 끄집어낸다. "할아버지께서 선물로 주신 팽이예요." 장성

편백나무 숲을 탐방하고 돌아오는 길에 손자에게 사 준 편백나무 팽이다. 거실 한복판에 사발을 놓는다. 도대체 무얼 하려는가?

사발을 태양이라며 손으로 팽이를 돌려놓으니 팽이는 사발을 빙 돌다 한자리에서 자전自轉 하자, 두 번째 팽이를 돌리니 그 팽이는 자전하는 팽이 주위를 돈다. "할아버지, '지구란 팽이'가 스스로 회전하는 게 자전이고, 태양을 한 바퀴 돈 것은 공전空轉이에요. 두 번째 팽이는 지구를 도는 위성, 달이에요. 팽이채로 '지구란 팽이'를 치면 다시 태양을 공전하나 '달이란 팽이'는 따라가지 못하니 '궤도 이탈'이에요. 제가 궤도 이탈을 막을 재주가 없어 안타까워요."한다. 어안이 벙벙했다.

손자와 함께 팽이를 따라 자전하며 한 바퀴 공전하였더니 어지러워 소파에 앉았다. "할아버지. 궤도 이탈하셨어요." 그래! 궤도 이탈이 무엇인지도 모르고 보름날 팽이치기, 쥐불놀이하던 정경이 눈에 선했다.

양력과세, 음력과세로 두 쪽 났던 마을은 까치보름을 맞으며 하나가 된다. 장정들은 정월 대보름 축제 행사인 널뛰기, 척사대회, 폭죽爆竹 준비를 하고, 우리들은 팽이와 채찍 만들기, 쥐불놀이 깡통에 바람구멍 뚫느라 바빴다. 보름날 마을 사람들이 행사할 때 우리는 논바닥 빙판에서 해 가는 줄 모르고 팽이치기를 한다. 닥나무 채찍을 맞은 팽이는 지칠 줄 모르고 원을 그리며 공전, 자전한다. 채찍을 멈추면 팽이는 종내 궤도 이탈이 되어 비틀거리다 쓰러진다.

해가 지면 마을 사람들이 산등성에서 달맞이하며 한 해의 신수를 빈다. 어둑하면 집집마다 대문 앞에서 폭죽을 터트린다. 중천에 달이 뜨면, 앞집 윤달이와 함께 "망월이야!" 참숯불 깡통을 휘두르면 불꽃이 꼬리를 물고 원을 그린다. 공전, 자전도 모르고 마을 둘레길을 돌았다.

깡통 줄이 닥나무 껍질로 엮은 질긴 줄이 아니었다면 끊어져서, 유성처럼 허공으로 솟았다가 추락했을 것이다. 다행히 끊어지지 않아 깡통은 궤도 이탈이 되지 않았다. 집집마다 폭죽 행사가 끝날 즘, 달빛 아래 보이는 마을 끝자락 우리 집으로 꺼져가는 깡통 불을 돌리며 돌아왔다. 팽이치기 쥐불놀이를 온종일 했으니 그날 밤 영락없이 꿈속에서 지도를 그렸다.

연말 송년회, 신년 계획을 세우고 새해를 맞이하며 한 살 먹는다. 한 달도 안 되어 실천이 무너진다. 작심 한 달을 못 채운다. 설날이 오니 음력 망년회, 다시 계획을 세우고 다짐하면서 한 살 먹으니 한 해 두 살 먹는 꼴이다. 배고프지도 않은데 나이는 숫자에 불과하다며 군말 없이 나이를 먹는다. 어릴 때는 하루해는 빠르고 한 해는 지루했으나, 요즈음은 하루가 길고 한 해는 너무 빠르다는 느낌이다.

동짓날 어머님은 형제 나이대로 팥죽에 옹심이를 담았다. 팥죽을 주시며 "나잇값을 해라" 하셨다. 나이 숫자대로 에누리 없이 담은 '새알심'은 몽실몽실했다. 어머님 정성만큼 팥죽 색깔은 곱고 고왔다. 이제까지 인생 궤도 이탈하지 않고 살아온 것은, 어머니의 정성과 소망 덕이 아니었는가 싶다.

엊저녁. 모처럼 달·화성·금성을 보고 잠자리에 들었을 때, 반드시 나잇값을 하라는 어머니 모습이 아른거렸다. 시련은 있었지만 여기까지 올라온 길, 궤도이탈 않고 하산하려 느슨해진 신발 끈을 다시 맨다.

2017. 2

4부
소나무 잔뿌리

이인삼각二人三脚 경기

봄을 맞은 공원마다 친목·친선경기가 자주 열린다. 경기 중에서 이인삼각二人三脚 장애인 경기가 인기를 끈다. 두 사람의 왼쪽, 오른쪽 다리를 끈으로 묶고, 한 사람은 눈가리개를 하니 앞을 볼 수 없고, 다른 한 사람은 마스크를 쓰니 말을 할 수 없는 한 짝이 된다.

둘이 손을 잡고 반환점을 돌아오는 경기로 손이 떨어지면 실격이다. 서있는 모습은 마치 다리가 셋인 삼족오三足烏로, 한 사람은 눈이 없으니 비익조比翼鳥* 며, 손을 마주 잡았으니 연리지連理枝* 다. 출발점에서 바통을 넘겨주는 재미난 경기다.

며칠 후면 근린공원에서 법우회法友會 친목 경기가 열리니 구경 가

---

* 비익조比翼鳥 : 암수의 눈과 날개가 각각 하나씩이어서 짝을 짓지 않으면 날지 못하는 전설상의 새로 금실 좋은 부부를 상징한다.

* 연리지連理枝 : 뿌리가 다른 나뭇가지가 서로 연결되어 마치 한 나무처럼 자라는 현상으로 사랑을 상징한다. 백거이白居易가 장한가長恨歌에서 현종과 양귀비의 사랑을 비익조와 연리지로 비유했다.

자며, 회화나무 정원 벤치에서 아내 친구 셋이서 열을 올리며 수다 떠는 소리가 들렸다. 그녀들 셋은 최근 보육사 자격증을 따서 알바로 번 돈으로 해외여행을 즐기는 삼인방이다.

　"이번 알바는 일주일간 숙식을 해야 한다는데 아무래도 남편이 허락을 안 할 것 같다."라는 '달자' 씨의 말에 두 사람 다 "아무래도 그렇지, 허락하겠니?" 이구동성으로 맞장구다. "그러면 포기하고 다른 데 알아보지 뭐."하면서 달자 씨는 자리를 떴다. 분명 저 집엔 야단법석이 날 것 같았다.

　그날 저녁 식사 자리에서 달자 씨는 남편에게 "나, 일주일간 숙식하는 알바를 해야 할 것 같아요."라고 속을 떠보았는데 다짜고짜 "응, 그래? 해봐." 하며 일어나지 않는가! "무슨 숙식이야! 아예 보따리를 싸 갖고 가지."라고 호통을 치며 말릴 줄 알았는데 "응, 그래? 해봐." 라고? 억장이 와르르 무너졌단다.

　"아들 딸 다 여의고 손자들 뒷바라지마저 끝나, 내 힘으로 벌어 여행을 좀 다녔다고 역마살이 낀 것처럼 치부하니 저 사람이 내 남편인가? 속이 뒤집히며 눈물이 왈칵 쏟아졌고, 밤새 꼬박 새웠다."라며 친구에게 지난밤 사연들을 전화하며, '숙식 알바' 길에 나선 그녀의 발길엔 찬바람이 일었다. 하루아침에 그렇게 달라질 수가? 유일한 식구인 남편의 일주일 반찬은 국물도 없었을 테니 걱정스러웠다.

　숙식 보육 알바는 아기엄마 말동무, 아기의 방긋 미소에 낮은 후딱 지나갔지만 잠자리에 들면 천정에서 남편 얼굴이 내려다보고 있었다. 이불을 뒤집어써도 '응, 그래? 해봐.' 그 말이 귓속에서 왱왱거렸다.

일주일 후 토요일, 귀가하면서 친구들에게 그간 일들을 전화하며 "긴 타임머신을 타고 왔는지 가로수는 그새 녹색 치마로 갈아입었네!"라고 했다. 집에 일찍 들어가기가 내키지 않았는지, 친목 경기장 관중석에 앉은 그녀가 보였다.

부부들을 비익조 팀과 연리지 팀으로 나누었는데 우리 부부는 비익조 팀이다. 나는 입을 가렸고 아내는 눈을 가렸다. 출발 신호를 시작으로 연리지 팀은 눈도, 입도 필요 없는 나무처럼 나란히 잘도 달렸다. 우리 부부는 우왕좌왕하지 않도록 다리를 꽉 묶었건만 제각기 빨리 가려는 조급함에 달리기는커녕 엇박자로 똑바로 못 가고, 반환점에 이르기도 전에 넘어지고 쓰러졌다. 간신히 부축하여 일어나면 또 자빠졌다. 허둥대니 진땀이 났다.

다시 아기 걸음마로 호흡을 맞추어 경보를 했다. 앞을 못 보는 아내는 반환점이 어디냐고 소리쳤다. 나는 반환점을 뻔히 보면서도 입을 가렸으니 말을 할 수 없었다. 다만 속도를 낮추려 애를 썼지만 반환점을 한참 지나서야 돌게 되었고 박자가 엉켜 또다시 앞으로 나뒹굴었다. 끌고 끌리면서 간신히 골인 점에 왔을 땐 온통 땀, 흙투성이 몰골이었다. 낭패였다.

눈먼 아내와 말 못하는 내가 미리 호흡 맞추기 연습도 안 해보고, 오로지 승부욕에 집착하여 반환점과 종점을 향해 무모하게 달려가려고만 했다. 길잡이로서 아내 발 박자에 맞추어 내 발이 따라가지 않았던 게 패인이었다.

나는 아내의 얼굴을 털어주며 미안해했다. 아내는 눈가리개를 벗었지만 차마 눈을 뜨지 못하고 고개를 숙였다. 승자 연리지 팀은 헹가래를 쳤다. 관중은 서로 미안해 조아리는 '비익조' 우리 팀에게도 박수를 보내주었으나, 우리 부부는 귀가 먹은 듯 박수소리가 들리지 않았다.

줄곧 지켜보던 달자 씨도 '반쪽의 비익조가 된 자신'을 뒤돌아 본 듯 눈시울을 붉히며 손뼉을 치고 있었다. 일주일 전, 난 그녀 부부를 걱정했었는데 지금 내 꼴이 부끄러웠다. 그녀는 이내 보이지 않았다. 아마도 마당을 쓸며 아내를 기다리는 남편 품으로 달려갔을 게다.

부부 일생은 이인삼각 경기 같은 인생이다. 인생에 무슨 예행연습이 필요하랴! 하지만 나야말로 멀쩡한 눈으로도 앞날을 바로 보지 못했던 눈 뜬 장님이었다. 마음으로 보는 반려자의 눈마저 멀었다.

경기에 참여한 부부들이 가방 손잡이를 마주 들고 귀가하는 모습은 마치 연리지다. 비익조처럼 부족한 점을 서로 채워주는 연리지 발걸음을 하고 싶은지, 아내는 차를 타기 전에 운동장을 한 바퀴 돌고 가잔다.

조금 전 치렀던 비익조· 연리지 경기가 자꾸만 떠오른다. 내년에 이인삼각 비익조 연리지 경기에선 절대로 넘어지지 말아야지. 모처럼 잡은 아내의 손이 따뜻하다.

2015. 10

복사꽃 길

이사 온 날 저녁 빗살이 유리창을 두드린다. 내다보니 멀리 천둥을 동반한 장대비가 쏴! 뿌리니 길바닥에 포말이 인다. 밤새 내린 비가 멎자 주위도 알 겸 산책을 나섰다. 그간 산야山野가 목이 타 학수고대 했는데 하늘이 내리신 봄비로 해갈되었다. 흙먼지 날리던 길에 생기 가 돋아 온갖 수목은 소리 없는 아우성이다. 도로 인도로 줄지은 가 로수는 물이 올라 불그스레하다.

이 길을 올 때마다 가로수가 품에 안은 꽃망울이 하루하루가 다르 다. 시집가는 날처럼 마음이 설렌 모습이다. 벌 나비가 그리워 충혈되 었던 꽃망울이 며칠 후 활짝 피어 투박한 가로수 몸매를 치장했다. 내가 눈 맞춤을 하자 봄 처녀같이 화사한 얼굴로 내뿜는 꽃향기가 코 끝을 에워싼다.

서울 나들이할 때는 차창을 스쳐가는 풍경이 아쉬워 나도 모르게 창문을 연다. 보다 더 가까이서 '복사꽃'을 보고 싶어서다. 귀가할 때는 아예 복사꽃 길 솜틀집 앞에서 내려 "나의 살던 고향은 꽃 피는 동네…," 흥얼거리며 걷다보면 어느새 벌들도 분홍 꽃 복사꽃 사이로 날아다닌다. 꽃이 젓 가슴을 여니 벌이 꽃 수술을 헤치고 꼭지를 정신없이 빤다. 꿀을 주고 열매를 잉태하는데, 한 발 늦은 나비가 꽃향기에 취해 나비춤을 춘다.

매일 벌, 나비들이 꽃을 찾아 붐빈다. 가로등이 켜지면 야시장, 불야성이다. 꿀을 팔지 못한 꽃들이 저마다 벌이가 시원찮아 호객 행위를 하니, 벌이 할 수 없이 가가호호家家戶戶 방문하느라 분주하다. 종일 꿀 파느라 피곤한 꽃이, 연신 꿀을 빠는 벌에게 내일도 나비보다 먼저 오라며 귀띔을 하는 것 같아, 일하시어 고단해 주무시던 어머니 젖가슴을 고사리 손으로 만지작거리다 잠들던 동생 모습이 떠오른다.

꽃잎이 나무 품속을 떠난 며칠 후, 참새 혓바닥 같은 잎 새로 드러난 열매는 개복숭아·개살구였다. 해서 나는 시골티가 물씬 나는 이 길을 복사꽃 길(우편집중국 ↔ 솜틀집. 2km 구간)이라 부른다.

어린 시절, 봄눈이 녹으면 남풍이 배시시 싸리문 열고 봄소식을 전했다. 앞산 아침 안개가 걷히면 "철아, 나물 캐 오너라." 하시니 나는 삼태기를 메고 아지랑이가 피어오르는 밭두렁으로 달래·냉이·꽃다지를 캐러 나섰다. 진달래가 핀 산기슭을 돌아오면 어머니는 앞밭에서 채취한 유채[越冬草: 월동초]를 다듬으셨다. 유채에 달래·냉이·꽃다지면 훌륭한 구색이었다.

어머니를 따라 야채시장에 내다 팔고 신발가게에 들렀다. 어머니는 분홍 고무신을 한참 만지다 검정 고무신을 사셨다. 내가 여아女兒였다면 분홍 고무신이었을 텐데. 그래도 나는 감지덕지 검정 고무신을 품에 안고 마을로 들어서니 복사꽃 꽃망울이 필 채비를 하며 고무신을 신으라 한다. 훗날 우리 집 맏딸 공주가 신은 분홍 얼룩 고무신이 그 복사꽃 봄 길에 딱 어울렸다.

개살구와 개복숭아는 과일로는 천대를 받지만 고목이 되어서도 할 일이 남아 있어 꽃샘추위도 마다않고 꽃을 피운다. 비록 개 자字가 붙었지만 벌 나비를 위해 더 진한 꽃을 피우고, 열매로 사람들에게 보약을 안겨주는 나무다. "늙지 않는 사람이 어디 있으랴!" 하듯 한탄하지 않는다.

사람들은 입맛만 챙기다 효소와 씨 기름 효능을 알고부터 개살구·개복숭아를 귀하게 대한다. 예부터 살구씨 기름은 폐나 기관지 치료제다. 농사짓다 햇볕에 탄 피부를 재생하는 데 탁월한 효과가 있다. 내가 살구비누를 즐겨 쓰는 것은 미백효과뿐만이 아니고, 살결에 밴 향긋한 냄새, 고향에서 따 먹던 그 살구 냄새를 맡기 위해서다.

까투리 개복숭아 역시 약효 면에서 개살구와 쌍벽을 이룬다. 효소와 씨는 기관지, 폐 질환 치료제, 어혈제·혈액순환제로 활용된다. 몸에 무리가 안 가면서 손쉽게 치유하는 민간요법으로 활용했으니 선조들의 얼은 슬기롭다. 신선도神仙圖의 천도복숭아를 든 신선은 바로 우리 배달 조상이시다.

꽃잎이 떨어진 복사꽃 길을 걷다 보니 먼발치에 노부부가 일하신다. 할아버지는 거름을 펴다 땀을 닦고, 할머니는 냉이, 달래를 캐 광주리에 담으신다. 아파트 입구에서 푸성귀를 파시는 할머니시다. "어르신 수고하십니다." 하니 어머니처럼 손을 흔들며 반기신다.

매일 오후 할머니는 봄나물, 열무, 애호박, 가지 등 텃밭 작물을 내다 파시는 여든 넘은 분이시다. 이웃 할머니들이 동무해 주시다 해질 무렵이면 할아버지가 손수레를 끌고 오셔, 팔다 남은 것을 싣고 가신다.

"할멈!", "예, 왜 유?", "잘 살아 보세, 우리도 한 번 잘 살아 보세. 노래를 부르며 이 나무를 심은 지 몇 년 됐소?" 하신다. 쇠를 몰고 다니던 길을 신작로로 만들 때 심었던 나무를 쓰다듬다 떨어진 살구, 복숭아를 주섬주섬 광주리에 담아 늦기 전에 독거노인을 만나러 가신다.

가시는 두 분 목소리가 도란도란, 석양에 비친 두 그림자가 겹쳤다 떨어졌다 드리우니 차마 밟을 수 없어 그림자를 수행隨行 할 뿐이다. 푸성귀를 내다 팔다 남은 것을 독거 친구한테 주시려 가시는 길이 복사꽃 길이다. 정을 베풀고, 살구, 복숭아씨 기름으로, 이웃 노인들이 해수병咳嗽病 없이 겨울나게 하시는 노부부야말로 적선하시는 노선老仙이시다.

어젯밤에 비가 내렸다. 몸을 뒤척이다 선잠을 깨니 개복숭아가 눈에 삼삼하다. 옳지! 복사꽃 길 노선은 못 될지라도 겨울 되면 기침으로 고생하는 아내를 위해 효소를 담아야겠구나. 길가에 수북이 쌓인 개복숭아를 주우러 동 트는 복사꽃 길로 발길을 재촉한다.

2018. 6

하늘 장독대

엘리베이터를 기다리는데, 이삿짐센터 아저씨가 독을 운반하고 팔순이 넘어 보이는 할머니가 따라 왔다. 엘리베이터에 함께 탔다. "이사 오시는 거죠? 몇 층입니까?" "2층입니다. 하지만 옥상으로 올라가야돼요." 하기에 나는 15층에 산다며 옥상까지 안내했다.

옥상 정자 앞 화단 둑 위에 큰 독 하나와 작은 항아리 세 개를 놓았다. '숨 쉬는 독'은 품위가 나고, 항아리는 반들반들 했다. "여기 놓아도 되겠죠?" 나에게 허락을 구했다. '정말 여기다 장독대를 차릴 셈인가?' 곧장 관리사무실에 가서 관리소장한테 자초지종을 얘기했다.

옥상에 온 소장은 눈이 휘둥그레졌다. '옥상의 운치가 한결 살아나 산책하는 분들의 눈요기가 될 겁니다.' 했더니 소장은 고개를 끄덕거렸다. 옥상에 처음 자리한 양지바른 장독대가 탄생했다. 할머니는 천만다행인 듯 흡족해 하였고 나에게 연신 고맙다 하셨다.

주상복합 건물 옥상은 '回'자 모양으로 한 바퀴 둘레가 500m다. 정원과 쉼터로 가꾸어져 노인들이 아침저녁 산책하기에 좋은 곳이다. 이 옥상에 독을 놓을 수 있겠다 싶어 가져 왔다고 했다. 내가 뜨는 해와 지는 해를 볼 수 있는 '하늘 장독대'라고 하니 할머니는 상기된 표정이었다.

하지만 대대손손 정성을 담았던 시골의 장독대만 하겠는가! 내가 자주 옥상에 와 돌봐주겠다 했더니 할머니 얼굴이 활짝 피었다. 나에게 일이 하나 더 늘어난 셈이다. 떠나온 시골집 장독대가 그리운지 할머니는 자리를 뜨지 않았다.

저녁에 옥상에 갔더니 할머니가 항아리에 된장, 고추장을 채운 다음 정화수를 놓고 기도를 하였다. 피붙이나 다름없는 소중한 독과 항아리이니 무사 안녕을 기원하는 것이다. 달과 별이 할머니의 정성을 굽어 살피고 있었다. 인기척을 했더니 반가워하며 누름돌을 가지러 시골에 다시 갔다 와야겠다고 했다. 본격적으로 장을 담글 모양이다.

잠자리에서 할머니가 자꾸 떠올랐다. 집안의 식구가 몇인지는 몰라도 장독과 항아리 수는 꽤 되었을 텐데, 씨간장 독마저 분양하고 왔으니 미련과 아쉬움에 속이 짠했을 것이다. 장독대의 독과 항아리는 대대손손 물려오고, 집안의 내력과 가풍을 나타내며, 집안 가솔들의 핏줄과 다름없었는데 가슴이 저렸을 것이다.

어린 시절, 경칩을 지나자 어머니를 따라 외가에 갔었다. 외할아버지 요청으로 장을 담그러 갔던 것이다. 외할머니를 여의신 후 새로 모셨던 외할머니 밑에서 19살에 결혼하셨던 어머님. 외할머니는 맏딸이었던 어머니보다 열 살 위셨다. 외손자가 왔다고 떠들썩하며 외할아버지와 외할머니께서는 번갈아 나를 안아주셨다. 외할머니께서 이내 곳간에 가서서 소쿠리에 홍시를 담아 오셨다. 꿀맛이었다.

그날 저녁 혼자 바람을 쏘이다가 뒤뜰로 가니 어머님이 독을 붙잡고 고개를 숙이고 계셨다. 돌아가신 외할머니가 그리워서인지 항아리를 쓰다듬다가 뚜껑을 열어 냄새를 맡기도 하셨다. 친어머니로부터 전수받은 장맛을 위하여 장독대를 향해 절을 하셨다. 언제 오셨는지 외할머니께서 내 손을 꼭 잡고 어머니 모습을 물끄러미 바라보셨다. 맏딸이 보고 싶어 '장 담그러 오라' 하신 외할아버님의 뜻을 알아 채셨다. 아! 그날 기억은 아직도 잊을 수 없다.

다음 날 메주, 간수를 뺀 천일염, 청결한 물, 소금물 농도를 측정할 달걀, 백탄 숯, 고추 등의 재료 선정과 장 담그는 요령을 보며 거들었다. 다음 해 봄 어머님과 함께 갔더니 장맛이 돌아왔다며 매우 기뻐하셨다. 외할머니께서 끓이신 된장찌개는 과연 천하일품이었다.

중학교 시절, 우리 집 장 담그는 날 도우미는 예외 없이 나였다. 어머님과 함께 독과 항아리를 사러 옹기점에 갔었다. 인류가 최초로 만든 토기! 독, 항아리들이 즐비했다. 어머님이 마음에 드는 독과 항아리를 고르셨다. 어머님은 독을 머리에 이고, 나는 항아리와 뚜껑을 지게에 지고 와 장독대에 안치했다. 식구가 늘어나니 독과 항아리 수도 늘어났다.

김치 독이 동이 나면 된장, 막장, 고추장, 간장, 장아찌로 9남매를 키우셨던 모정의 장독대. 슬기와 지혜, 정성을 대물림 받아 장을 담그셨다. 조상의 숨결을 느끼며 중요한 일이 있을 때마다 소원을 빌며 치성을 드리셨던 장독대는 정갈한 맛을 간수한 보고寶庫였다. 우리 남매는 어머님의 젖줄과 장독대의 맛 줄로 자랐다.

훗날, 딸들에게 노하우(Know How)를 전수했지만 어머님의 장맛이 안 난다고 이구동성이다. 깨끗한 공기와 물, 따사한 햇볕과 적당한 온도, 무엇보다 정성스런 보살핌으로 숙성되어야 하는데 그게 그리 쉬운 일이던가.

단오 무렵, 연두색 잎들은 녹색으로 변화하기 위해 염기鹽氣를 흡수한다. 이때가 된장 숙성기이다. 햇볕을 쪼이려고 오랫동안 장독 뚜껑을 열었다가는 염분이 빠져나가 장이 싱거워진다. 정성에 따라 품격이 달라짐을 갓 시집온 며느리들 각별히 유념했다.

오늘 아침 옥상에 가니 항아리 뚜껑이 '위생 항아리 뚜껑'으로 바뀌어, 뚜껑을 열지 않아도 햇볕을 쬘 수 있게 되었다. 장독 뚜껑 옆에는 누름돌도 놓였고, 정자 천정엔 메주가 매달려 있다. 할머니가 시골에 다녀오신 것이다. 경칩이 다가오니 장 담글 채비를 했다.

할머니가 온 누리의 기를 받으며 독에 메주를 담근 후 하루에도 몇 번씩 옥상을 찾는다. 옥상에 진달래가 피고 송홧가루가 날리자 간장을 달이고 항아리별로 된장과 고추장을 담았다. 나는 그날 저녁에 장독대 주변에 벌레 접근을 막기 위해 소금을 뿌렸더니, 고마워하시는 할머니는 나들이 다녀오면 으레 장독대를 찾는다.

해와 달, 별빛을 받으며 장이 익어가니, '하늘 장독대'를 바라보는 내 마음도 더불어 익어가길 바라고 있다.

2016. 1

복순이네 밥집

날이 후덥지근하다. 하늘이 뿌여니 비가 올 지 어제처럼 더울지 알수가 없다. 가까운 계곡이나 바닷가에 다닐 생각으로 계획을 세웠는데 폭염과 장마가 숨바꼭질하듯 한다. 날씨가 개면 폭염, 흐렸다면 외상 구름 없는 듯 여지없이 비가 내린다. 열대야에 잠을 설쳐 몸이 찌뿌듯하고 입맛이 없다. 연일 외출을 삼가라는 안전주의보 메시지니 계곡도 바닷가도 갈 수 없다. 입맛을 돋우는 산채나 조개구이를 맛보려 했건만 허탕이다.

아내는 단짝들과 여행을 떠났다. 며칠간은 홀로 서기로 그럭저럭 버텼다. 주말에 혼자 집에서 덩그러니 있자니 좀이 쑤셔 전철을 타보았지만 청승스러워 집 주위를 맴도니 도시의 집시다. 아침을 거르고 점심에 인근 식당에서 냉 콩국수를 연일 먹었더니 아랫배가 차고 더부룩하다. 오늘은 닭곰탕을 들었는데 조미료 탓인지 속이 느글거린다. 어디 개운한 입맛 식당이 없을까? 무엇으로 저녁을 때울까 고민

하는데 '밥집'이란 상호가 보였다.

"복순이네 밥집은 음식에 100% 정직으로, 우리 아이들이 마음 편하게 먹을 수 있도록 정성을 담았습니다. 매일 반찬이 바뀌므로 메뉴가 없습니다." 개업한지 삼 개월 된, 아침 6시부터니 새벽을 여는 식당이다. 탁 트인 주방에서 요리하는 정경이 보인다. 식대는 6천원, 깨끗한 뷔페식 자율식당이었다. 코앞에 이런 밥집이 있다니! 기대를 걸었다.

자리를 정하고 식판에 밥, 반찬과 국을 담았다. 돼지 불고기, 두부조림, 가지나물, 열무김치, 상추와 쌈장, 콩나물국과 복분지를 직접 갈아 만든 소스를 곁들인 샐러드였다. 깔끔한 반찬과 국, 후식으로 집에서 담근 식혜가 있다. 마음을 담은 소담한 시골 밥상이다. 냄새를 맡으며 눈으로 먼저 먹으니 군침이 돌고 상추와 쌈장이 시각을 즐겁게 했다. 구미가 당기는 식단이었다.

술을 팔지 않아 왁자지껄하지 않고, 담소하며 조용히 식사를 즐긴다. 식사를 하는데 아는 노부부가 앞자리에 앉았다. 아들이 의사인 노부부는 인사를 한 후 식사를 갖고 왔다. "시골 밥상 같다"며 맛있게 들기 시작했다. 할머니는 연신 주방을 바라보았다. 시골에서 살다 오신 분들이다.

모처럼 상추에다 돼지불고기와 쌈장을 싸서 먹으니 밥맛이 난다. 며느리가 차려주는 밥상보다 낫다고 할머니가 너스레를 떠니 할아버지는 외면했다. 그 때 한 노부부가 손자손녀 손을 잡고 들어왔다. "할아버지 입맛이 없지요?" 손녀가 묻는다. "오늘은 오빠와 제 용돈으로 대접하겠습니다." 한다. 귀가 번쩍 띄었다. 노부부는 손자손녀와 함께 밥과 반찬을 골고루 담았다. 숫기가 없는 애들이 조심스러운지 주위를 살피며 우리 오른쪽 식탁으로 왔다.

손녀가 할아버지 옆에 앉으며 "할아버지께서는 가지나물을 왜 그리 많이 가져 오셨어요?"하니 할아버지는 입맛을 다시며 "할머니도 마찬가지야." 한다. 할머니가 먹어보고 조미료를 안 쓴 '착한 식당'이란 것을 알자, 효손들에게 "많이 먹어라." 한다. 노부부는 모처럼 시골 냄새가 풍기는 밥상에다 효손들이 접대하니 밥맛이 꿀맛임은 분명하다. 여느 식당에서 보기 어려운 아름다운 정경이다.

시골에서 싱싱한 가지를 밥솥에 익혀, 양념장을 버무려 먹거나, 더우면 가지냉국을 해 먹던 시절이 그리움으로 다가왔는지 노부부는 말을 하려다 가지나물을 들며 고향을 더듬는다. 목구멍으로 넘어 가면 다 마찬가진데도 대대로 이어 온 손맛을 어찌 잊을 손가? 후식으로 식혜를 들더니 저마다 한 그릇 더 들며 혀끝의 행복을 느낀다. 추억처럼 입맛은 늙지 않고 그대로다.

서로 고향을 묻고 효손들을 칭찬하며 담소를 나누다 주방 복순 아주머니께 "잘 들었습니다." 인사하고 나섰다. 집을 향하는데 모두 같은 방향이여 효손들을 먼저 보내고 집 앞 회화나무 그늘 벤치에 앉았다. 지나간 입맛 추억을 애기하던 중, 근면 정직과 신선도로 성공한 '자연을 팝니다. 자연팜' 과일가게를 애기했더니 노부부들은 복순이네 밥집도 성공할 거라며 '고향 밥집'이라 했다. 음식 차림이 마음에 들었던 모양이다. 다들 다시 들르겠다고 했다.

여든이 넘은 효손 할아버지는 기골이 장대한 분이셨다. "농사짓기가 힘이 부치시니 맏이 사는 곳에 사시라"는 두세째 아들의 성화에 못 이겨 논밭을 팔아 자식들에게 나누어줄 때 딸들이 달려와 왜 파셨느냐고 울며 기어코 받지 않았다 했다. 자연의 품에서 지내다 온 할아버지는 시골 하늘을 바라보며 눈길은 충혈 되었다. 딸들이 받지 않은 돈으로 고향 갈 꿈만 꾸고 있다는 할머니 얘기다. 그간 입맛을 잃은 이유를 알만 했다.

한 식당을 일주일에 두 번 이상 들른다는 것은 쉽지 않다. 나는 밥집이 과연 착한 식당인지 자주 들렀는데, 갈 때마다 반찬이 달랐다. 아침 반찬과 점심·저녁 반찬이 다르다. 입을 행복하게 하니 잔반통에 잔반이 없다. 맛집 식당임을 손님들의 입맛이 입증한 셈이다.

요즈음 야채 값이 너무 비싸 주인아저씨가 한 밤중과 꼭두새벽, 야채 시장에서 구입을 못하면 대체 식재를 구하는 게 제일 큰 어려움이라 했다. 폭염과 장마의 여파를 실감했다. 지난번 어르신들과 밥집에서 다시 만나니 반가웠다. 점심식사 때 자주 들렀다 했다. 모처럼 밥집에서 입맛을 되찾은 분들로 밥집이 야채 장보기 어려움에 처한 것을 걱정했지만, 밥집은 단골손님을 확보했으니 분명 어려움을 극복할 거라 생각되었다.

저녁때가 좀 지나 밥집에 들렀더니 반찬이 떨어져 죄송하다며 난색이다. 집에 담근 식혜라며 한 사발 드시라고 권한다. 마시니 어머니가 담그셨던 그 맛, 그리움이 담긴 맛이다. 한 사발 더 달랄 수도 없어 뒤돌아보고 간다. 어머니가 안겨준 입맛을 되찾아준 '복순이네 밥집'. 정이 넘치는 착한 식당이어서 고맙고 믿음직했다.

2017. 9

고향을 심은 옥상 정원

　내가 살고 있는 집 정원은 옥상 정원이다. 사방 전망이 좋다. 일출 때 옥상에 올라가 맨손체조로 하루를 시작한다. 일산 남단에 위치한 이곳에 이사 올 때는 주위가 황량했지만, 십 년 지나니 강산처럼 변했다.

　전에 살던 아파트가 서향이어서 여름에는 고역이었다. 아내가 애들 혼사를 치르려면 좀 더 넓은 데를 원하던 차, 일층이 상가이고 2층부터 15층까지 308세대 오피스텔인 주상복합건물을 찾았다. 건물 양식이 장방형, 옥상이 回자 모양이라 세대별 구분 없이 연결된, 울타리 없는 옥상이 마음에 들었다.

　아파트 판 가격으로 살 수 있어 15층 중 동향을 분양받았다. 은연중 고향을 바라보고 싶었는지도 모른다. 주위가 조용하며 호수공원과 행주산성, 한강변과 자유로를 바라볼 수 있는 곳. 15층 바로 위가 옥상이니 내심 흐뭇했다. 일산 거주 육 년 만에 이곳으로 이사 온 첫날밤,

잠을 자려 눈을 감으니 천정 별자리에 달그림자가 스쳐가는 듯했다.

옥상 외측은 펜스로 둘러쳤고, 안쪽으로 1m 높이의 화단으로 꾸며져 있다. 화단별로 매화, 목백일홍, 단풍나무, 소나무, 잣나무, 주목, 회화나무 등이 군락을 이루고, 나무 아래는 도라지, 국화, 구절초, 맥문동 등, 산과 들에서 자라는 꽃들이 포진하였다. 화단 앞쪽으로 조약돌이 박힌 맨발 마당 지압 길이 있어, 심신을 치유하며 안빈락도安貧樂道에 제격인 옥상 정원이다.

옥상 내측으로는 영산홍, 개나리, 백양나무가 덩그렇게 솟아있는 환풍기를 에워싸고, 배수로 사이 화단에 사계절 화초들이 자란다. 옥상 정자가 운치를 더해준다. 공원 같은 정원 모습을 갖추어, 아침저녁 부부들이 애완견을 데리고 산책한다. 참새들이 미세먼지를 피해 소나무에 날아와 잠자고, 눈이 오면 할아버지와 손자가 눈싸움하다 만든 눈사람이 정원 밤을 지킨다.

하늘 장독대를 차린 할머니는 나의 둘도 없는 이웃이다. 해 질 무렵 노인정 회원들과 함께 귀가하는 길에서 만났는데 보따리를 들고 있었다. 나를 보자 펴놓으며 자랑한다. 더덕 · 도라지 · 당귀와 맨드라미 씨앗이다. "이걸 어디서?" 하니, 고향 향기를 옥상에 심으려 갖고 오는 길이라 하셨다. 고향을 그리는 분들이려니 했지만 이럴 수가. 기가 막혔다. 아예 고향을 옮겨 놓을 참인가! 붉게 타는 저녁 하늘에 기러기가 날아가고 있었다.

옥상 정원을 돌 때 내, 외곽 방향으로 전후 네 바퀴를 돌면 옥상 정원 변화를 거의 알 수 있다. 하늘 장독대에 시골서 갖고 온 씨간장 독이 놓였고, 바닥에 붉은 생고추가 널려 있었다. 물어보나 마나 김장용 태양초로 말리려는 심산이다. 며칠 후 정자 기둥에 무청시래기 타래, 바닥엔 무말랭이, 엿기름이 등장했다. 시골의 정취가 이곳 옥상에 모여 추억을 풍기고 있었다. 옥상 정원이 이분들에게 여생의 일거리, 낙樂을 안겨주고 있는 것이다.

며칠 전, 소나기가 올 것 같아 태양초와 무말랭이, 엿기름을 비닐에 담아 싸서, 정자 의자에 놓아두었더니, 다음 날 아침 전화가 왔다. 일 년 농사를 망칠 뻔했는데, 적선해 주어 고맙다는 인사다. 한바탕 소나기가 지나간 정자 앞에 이르니, 배수로 보관 구멍으로 '메리골드'가 꽃을 피우려 머리를 내밀었다. 강한 생명 의지에 찬탄을 금할 수 없었다.

호수공원 불꽃 축제의 밤, 옥상 헬기장에서 월남전 참전 용사 한 분과 함께 하늘을 수놓는 불꽃을 바라보며 만끽했다. 그분은 불꽃을 보니 월남전 포화 속에 진격하던 모습이 떠오른다 했다. 그는 저녁노을이 물들 때면 플루트(Flute)를 분다. 실버음악단에서 배운 솜씨란다. 나는 가곡 '그리움'을 노래로 화답한다. '아~ 돌아오라. 왜~ 못 오시나. 오늘도 해는 서산에 걸려 노을만 붉게 타네.' 음률이 노을에 물들어 가는가. 산책하는 이들이 손뼉을 치고, 하늘 장독대 할머니가 손을 흔든다.

봄이면 정원사가 이발하듯 나무를 전지하여 다듬고, 외측 화단에 화초 모종을 한다. 할머니들은 내측 화단에 고향에서 갖고 온 씨를 뿌려 가꾸느라 매일 들락거린다. 채송화, 꽃잔디, 맨드라미가 필 때는 꽃 타령을, 도라지꽃이 피면 도라지타령을 부른다. 더덕이 펜스를 타고 오르며 바람에 향기를 뿌린다. 녹색 정원! 여름 찜통더위 때 피서지가 되고, 친척들이 방문하면 으레 안내받는 순례지다.

TV를 켜자 세상 돌아가는 꼴에 속이 부글부글 끓어올라, 속을 삭히려 옥상에 올라가니 마침 월남 참전 용사가 있었다. 인사를 하자 대뜸 "君君臣臣군군신신"* 하기에 "아, 그래요? 父父子子부부자자"* 로 대구對句 하니 웃으며 대폿집으로 팔을 끌었다. "경제력과 군사력이 월등한 월남이 월맹한테 패망한 건, 내부 월맹 추종자들 때문이었다." 라고 혀를 차며 늦도록 곡차 잔을 기울였다. 이러니 옥상 정원은 이웃과 유대감을 맺어주기도 한다.

옥상 정원. 계절 따라 어김없이 싹트면 꽃 피고, 시들면 떨어진다. 나도 그러니 하고 옥상 정원을 한 바퀴 돌고 또 돈다. 인생 윤회처럼 도니 흰머리가 바람에 날릴 뿐이다. 하지만 내 나름대로 명명한 울타리 없는 옥상 정원이다. 도심의 숲을 지향하고 심신을 치유하며, 유대감 속에 정을 나누는 곳, 저마다 고향을 옮겨다 심은 고마운 정원이 아닌가! 이곳으로 이사 오길 참 잘했다.

2016. 11

---

* 君君臣臣군군신신 父父子子부부자자 : 임금은 임금답고 신하는 신하다워야 하며, 부모는 부모답고 자식은 자식다워야 한다. 중국 제나라 임금 경공景公이 공자에게 정사에 대하여 묻자, 공자가 답한 말씀이다. 누구든 자기 위치, 자기가 처한 상황을 바로 인식하고 그것에 걸맞게 처신해야 한다는 논어에 나오는 글.

다슬기 해장국

숙취를 해결하려 해장국집을 찾는다. 집 인근에 해장국집이 여러 곳 있다. 그중 가장 즐겨 찾는 해장국집이 다슬기 해장국집이다. 섬진 강을 찾지 않아도 가까이서 다슬기 해장국을 먹을 수 있으니 고맙기 그지없다.

가마솥 뚜껑을 열 때 다슬기 냄새가 확 풍긴다. 먹기도 전에 군침 이 돈다. 밤새 끓여 뚝배기에 담아 온 다슬기 해장국. 여느 해장국과 는 달리 개운하고 감칠맛이 난다. 얼큰한 국물을 마시니 숙취는 사라 지며 콧등에서 땀이 떨어진다. 이때를 위하여 술을 들었는가 싶다. 술 깨고, 속도 다스리기 위해 분명 해장국은 존재한다. 다슬기가 간에 좋 다니 일거양득이다.

엊저녁 술이 과했었는데도 해장술이 자꾸 유혹한다. 해장술에 취 하면 처자식도 못 알아본다기에 꾹 참는다. 한 그릇을 비우고 나니, 다슬기 장국을 끓여 주셨던 잊을 수 없는 '참애원 원장' 할머니가 떠오른다.

35여 년 전 봄, 정비석鄭飛石 '소설 김삿갓'을 탐독하고 일행 네 명은 영월 김삿갓 계곡을 찾았다. 초행인데다 비는 오고 구불구불한 고갯길 탓에, 저녁 무렵에야 김삿갓 묘지에 당도했다. 장대비가 억수같이 쏟아졌다. '소설 김삿갓' 서문에, 저자著者가 묘소를 찾았을 때 많은 비로 개울물이 불어나 바지를 벗고 개울을 건넜다 했다. 골짜기는 적막하고 어둠이 내리기 시작했다. 참배를 못하고 인근 민박을 찾기로 했다. 앞이 안 보여 하이라이트(High Light)를 켜고 계곡을 돌아가니 '참애원參愛院' 현판이 보였다.

한 할머니가 집 앞 전봇대에 사다리를 타고 올라가 비를 맞으며 자동 점멸 가로등을 손보고 계셨다. 우리는 기겁을 하고 차를 세웠다. 스위치를 끄지 않고 전구를 갈려 했으니 큰일 날 뻔했다. 우리가 전구를 교체하자 가로등은 켜졌다. 육순이 넘은 할머니는 두메산골 독거인 이셨다.

주위 식당과 민박집을 물었더니 한참 가야 한다며, 금방 식사를 해드릴 테니 잠시 기다리라 하셨다. 못 이기는 체하며 마루에 올라가 방을 살펴보았다. 토의실과 널따란 장판방을 구비한 합숙 연수원이었다. 참애원? 참사랑 연수원이라니 자못 궁금하였다. 마당 입구 비문에는 '남편과 아들을 사별하고 소년소녀 가장을 위하여 무학無學인 유묘향이 참애원을 짓다'란 내용이 새겨져 있었다. 할머니가 바로 참애원장 유묘향님이셨다.

검푸른 색을 띤 장국, 정갈한 소반을 차려 오셨다. 난생처음 먹어

본 장국은 장을 풀고 다슬기 살을 넣어 끓인 다슬기 해장국이었다. 담백하기 이를 데 없었다. 손수 담근 더덕 주도 내 오셨다. 참애원 설립에 얽힌 애기는 끝이 없고 비도 계속 내려, 우리들은 아예 그날 밤을 묵었다. 그날 밤 할머니는 보자기에다 다슬기를 수繡 놓으셨다.

드디어 학수고대했던 어린이 가장들과 자원봉사자들이 참애원에 도착했다. 할머니는 맨발로 뛰쳐나가시어, 환한 얼굴로 어린 가장들을 얼싸안고 볼을 비비셨다. 곧장 상하의를 갈아입히고 앞 냇가에 놀게 하셨다. 온 산천이 놀이터였다. 아이들은 물장구를 치고 물속 다슬기를 건졌다. 맑은 물살이 가장들의 손·발을 씻겨주었다. 동심이 물결을 타고 넘실거렸다. 학이 날개를 펴고 상류로 날아왔다. 날개를 펴 비행할 때 아이들은 환호했다.

저녁 식사는 다슬기 장국, 전, 무침과 함지박에 담은 감자, 옥수수, 야채가 풍성했다. 벌써 친해졌는지 서로 권하며 먹었다. 잔디마당에서 놀다가 삶은 다슬기를 발려먹는 내기도 했다. 아이들이 산골 정기를 흠뻑 받고 있었다.

다슬기는 1급수에만 서식한다. 알을 낳지 않고 새끼를 낳는다. 간의 해독 작용을 도우며 신장 기능을 강화하는 민방 약재이다. 할머니는 어떻게 아셨는지 이 약재를 준비하여 어린 가장들에게 몸보신시켰다. 그날 저녁 할머니는 '재들이 오늘 밤중에 분명 오줌싸개가 될 것이다.' 하셨다. 자정이 넘자 이부자리에 지도가 그려졌다. 이부자리를 갈고 바지를 갈아입히는 등 한바탕 소란스러웠다. 그런 줄도 모른

채 어린 가장들은 잠에 곯아떨어져 꿈속에서 유영遊泳하며 다슬기를 줍고 있었다.

어린 가장들이 귀가하기 전날 밤. 할머니는 잔디마당에서 삶고 말려서 보관하셨던 다슬기 한 봉지씩을 보자기에 싸 주셨다. 아무 탈 없이 무럭무럭 자라도록 사랑을 싸 주셨다. 할머니께서 촘촘히 수繡 놓으셨던 그 다슬기가 밤하늘의 별이 되었는가? 잔디 마당에 쏟아지고 있었다.

다슬기 장국을 끓여 주셨던 그 할머니가 참 사랑을 몸소 베푸시다 십 년 전, 천사가 되어 '다슬기 별' 곁으로 승천하셨다.

주말 아침에 별미로 다슬기 해장국을 찾는다. 잊을 수 없는 추억과 함께 다슬기 해장국을 먹노라면 눈물인지 땀인지 범벅이 되어 마구 흘러내린다. 아! 인정 많은 유묘향 할머니께서 끓여주셨던 다슬기 해장국. 한 그릇 더….

2016. 3

아, 언젠가는 종이 울릴 것이다

― 삼난三難에 도전 ―

고희古稀에 들어서자 심경에 변화가 일어났다. 남들은 어떻게 대처했을까? 한 해는 주마등走馬燈인데 하루는 너무 지루하다. 육십 대에 '6학년 몇 반' 하며 여유를 부렸는데, 칠순이 되니 경로대학에서 '홀로서기' 자율학습해야 한단다. 혼란스럽다. 지난 세월을 헤아려보다 밤늦게야 잠이 들었다.

아내가 아들딸한테 "너희 아버지는 훌륭하신 분이시다."라고 하자, 자식들이 "네. 아버님을 존경합니다."라고 정중히 답한다. 친구들마저 몰려와 "너, 멋져. 존경스러워."라 한다. 나는 "아니야, 아니야!" 고래고래 소릴 질렀다. 꿈이었다. 이마엔 식은땀이 흥건했다.

"과연 나를 존경하느냐?"라고 물었다면 다들 고개를 절레절레 흔들었을 것이다. 존경이란 누구나 감히 할 수 없는 일을 한다든가, 선행을 베풀어 귀감이 되는 사람, 성현聖賢들이 존경의 대상이 될 텐데, 내가 그 대열에? 어림없다, 꿈을 깨기 잘 했었다.

가장으로서 돈을 벌고 있었으니 식구들이 차마 목소리를 내지 못했을 것이고, 친구들은 우정으로 나를 받아들였을 뿐, 나는 올바른 길라잡이가 아니었다. 천직에 매달려 가정은 뒷전이었고 친구는 술친구뿐이었다. 수신제가修身齊家나 제대로 해서, 내일을 대처해야겠다는 생각이 들었다. 약발도 떨어져, 용도 폐기 직전이니 무슨 대책을 세워야 했다.

'가까운 사람들로부터 존경을 받는 게 어렵다.'라며 주위 사람들에게 자주 말한 나였다. 삼난三難이란 '첫째 아내로부터 존경받기가 어렵고, 자식들로부터 그러하기가 둘째며, 더 어려운 것은 친구, 동료들로부터 '존경스럽다'란 말을 듣는 게 셋째 어려움'이라 했다.

삼난을 모두 극복한 사람이야말로 존경할 만하다. 부부는 피를 나눈 무촌無寸이다. 동고동락하며 자식을 키웠다. 동반자로 서로 의지하고 사랑하며 정이 들었다. 그러나 막상 아내로부터 사랑과 정을 떠나 존경받는 남편이 된다는 게 그리 쉽겠는가? 특히 요즘에는 어림도 없다.

자식은 피를 이어받았는데도 엄밀히 말하면 엄마의 자식이지 아빠의 자식이 아니었다. 얼굴을 대할 수 없는 직장 생활이 한 원인이었다. 자식들은 사랑받을 시간을 기다렸는데 그걸 지나쳐버렸다. 세월을 되돌릴 수는 없었다. 세대 차이에 대한 불감증 또한 문제였다. 신지식에 무지하여 모르는 걸 자꾸 묻자니 자존심 상했다. '아는 것이 무어냐?'며 핀잔을 듣거나 고조선 사람 취급을 받지 않는 게 다행이었다. 대화 두절 직전이었다. 촌수가 일촌인 남남이 될까 두려운데 하물며 존경을 받는다는 것은 꿈속 얘기였다.

가장 통과하기 어려운 관문은 친구로부터 존경받는 것이었다. 존경? 어림도 없는 얘기였다. 죽마고우, 동창, 직장 동료들과 비교적 가까이 지내왔지만 그들에게 고민 해결사나 삶의 롤 모델이 된다는 것은 거리가 먼 얘기였다. 가정에서도 존경받지 못하는데 가당치 않은 일이었다. 삼난 극복은 고사하고 남에게 폐를 끼치지 않고, 뭐 하나라도 베풀고 도움을 주는 친구가 돼야 할 텐데 걱정이 앞섰다.

'욱' 하는 불같은 성격, 골통 보수 기질, 승부욕, 무 경청, 체면치레, 비교우위 편향 등이 몸에 밴 것이었다. 그러니 처세술 면에서 빵점이었다. 못된 버릇만 딱딱하게 굳어 철옹성이 되었으니, 통째 무너뜨리고 새 길을 내기가 쉽지 않아 보였다. 환골탈태를 위한 전략과 실천? 엄두가 안 났다.

갈피를 못 잡다가 '인생은 미완성' 노래를 흥얼거리며, 난공불락難攻不落인 3난을 극복하는 도전 계획을 세웠다. 가부장적 권위를 내려놓고, 작은 것부터 솔선수범, '지는 게 이기는 것'이니 아내한테 슬기롭게 지는 요령부터 배우는 자세와 감사 표시를 체질화하기로 작심했다.

첫 단계로 서예가와 수필가로 등단하여 모났던 인생을 가다듬기로 했다. 어떤 곤궁에 처해도 흔들리지 않도록 '시계를 거꾸로 돌려놓고' 실천하기로 했다. 서실書室에서 한문, 서체와 장법章法 익히기에 몰두하여 마음먹은 대로 쓰려 하지만 뜻대로 붓이 따라오지 않으니 글쓰기 희열을 느끼기엔 까마득했다.

수필 수강을 받으며 수필을 쓴다. 쓴 수필을 수정하고 또 수정한다.

아, 언젠가는 종이 울릴 것이다   181

수없이 수정하였건만 정체불명의 글은 손만 대면 와르르 무너지는 사상누각砂上樓閣이니 내 인생 꼴이다.

다행히 타고난 스승 복으로, 서예와 수필 지도 스승을 만나게 되어, 악필이 조금씩 잡혀가고 수필도 수필문학에 접근하게 되었다. 악전고투하며 작성한 집안 가승보家乘譜와 출품한 서예도록, 친필로 쓴 명구, 내 글이 게재된 문학지를 뿌리들과 지인에게 선사하니 바라보는 눈초리가 다르다.

아내와 자식들 태도도 달라졌다. 아들딸이 집에 오면 나는 목전에도 없고 "엄마 계세요?"가 고작 인사였다. 그런 동아리들이 달라지기 시작했다. 아마 밤잠 안 자고 가승보를 작성했던 것을 알았는지도 모른다. 아내와 자식은 문법, 문서작성, 메시지 등 신세대 소통문화의 선생이 되어 진지하게 가르쳐 주니 감지덕지 배운다.

거추장스런 신세를 면하게 해주니 식구들이 고맙고 대견스럽다. 모처럼 가정에 훈풍이 불어 온기를 느낀다. 친구가 보고 싶어 집을 나선다. 인품에 향기 나는 어르신 과정을 수련하는 경로대학 친구들을 만나러 신발 끈을 맨다.

아득히만 보이는 난공불락難攻不落의 '삼난의 극복'을 무모하게 도전했다. 하지만 어찌하랴. 안 것을 행동에 합하는 지행합일知行合一 길을 멈추지 않고 뚜벅뚜벅 갈 데까지 걷는다. 거꾸로 돌려놓은 시계가 멈추지 않는 한 아! 언젠가는 종이 울릴 것이다.

2016. 2

필체 筆體

봄바람이 '아동문학 세상' 봄 호를 싣고 왔다. 봉투에 반세기가 지난 56년 만에 담임이셨던 '엄기원 선생님' 필체를 보니 감개무량했다. 책을 펴니 첫 페이지 발행인 이야기에 선생님께서 친필로 쓰신 원고가 실렸다. 며칠 후 이 책을 읽은 아내가 "여보, 당신이 발행인 이야기를 쓴 것 같아요. 글씨가 어쩌면 그렇게 판박이예요?" 아내는 발행인이 초등학교 담임선생님이셨던 사실을 알게 되자 남편을 바라보는 눈빛이 새로웠다.

초등학교 시절 두메산골 소년은 선생님이 우상이었으니 선생님 글씨를 닮으려 무지 애썼다. 상자에 모래를 채우고 손톱이 닳도록 쓰고 지우기를 수없이 반복했다. 선생님 필체를 보니 온통 그리움에 휩싸였다.

군에 입대하여 전방에서 문서 연락병이 되었다. 영하 25도 강추위 속에 문서 배낭을 사령부에 전달하고 난로에 오금을 녹였다. 문서 수

발대장을 눈여겨보던 담당자가 내게 대필을 시켜 갈 때마다 대필했다. 그로 인해 나는 자대自隊 '손망실처리계'를 맡게 되었다. 조수는 대개 사수의 필체를 닮게 마련인데 나는 바로 사수가 되었으니 내 필체를 유지할 수 있었다.

크리스마스 때 고사리 손으로 쓴 위문편지를 받고서 전선의 겨울 얘기를 담은 군사우편을 보냈더니 한 달 후 답장이 왔다. 초등학교 5학년 소년의 편지는 횟수를 거듭할수록 내 글씨를 닮아갔다. 그 소년은 고등학교, 대학도 내 뒤를 따랐다. 나는 선생님 필체를, 소년 K군은 내 필체를 닮았으니 대물림이었다. 호랑이는 자기를 닮은 고양이를 싫어해 뺨을 때린다지만 사람은 자기를 닮으면 흐뭇해한다. 동질성 선호 때문인가?

산 너머 남촌 고모는 아버지 생신을 앞둔 시점이면 늘 인편으로 서신을 보내셨다. 혈육 간의 체온을 느낄 수 있는 서간체는 그리운 남매 정이 피어오르니 편지를 읽으신 아버지 얼굴이 환하셨다.

형님이 군 복무 때, 내가 쓴 편지를 형님이 읽고 또 읽었듯이, 군사우편에 답장 온 형님 편지를 읽고 주머니 속에 넣고 다녔다. 보푸라기가 난 편지, 형님 필체를 볼 때마다 뜨거운 정이 전방戰防의 엄동설한을 녹여주었다.

나는 한자漢字 필체가 악필惡筆이어서 한글과 한자를 병용해 쓰면 어울리지 않아 한자 쓰기를 기피했다. 퇴직 후 서실을 찾았다. '조창래' 선생님은 서예 정통을 이어받으신 분이셨다. 화선지에 물 흐르듯 쓰신 필체는 점·획의 방향, 굵기, 간격 모양새가 조화를 이루었고,

글자 정렬이 자로 잰 듯했다. 한자 악필을 벗어날 수 있을 것 같아 가슴이 뛰었다.

체본體本의 해석과 필법 지도는 물론, 사서四書를 비롯한 고전古傳을 강의하시는데 알아들을 수 없고, 즉석에서 쓰신 한시 필체와 문장은 심금을 울렸지만 나에게는 전도요원前途遙遠하게만 보였다. 서예를 하려면 한문 공부를 해야 한다고 당부하셨지만 한문은 고사하고, 한 일 一 자字를 연습하는데 무려 2주일 걸려도 제대로 되지 않았다.

내가 비틀거리니 필체마저 비틀거리며, 중심을 못 잡고 넘어지는 아기 걸음마다. "이 나이에 붓 길에 들어서서 홀로서기도 못하다니!" 며칠간 고민하다가 허송세월 보내기보다는 사서라도 고생하기로 작심했다. 한문법을 시작으로 삼 년간을 악전고투하여 겨우 한맹漢盲을 면했으나 필체는 멀어만 보였다. 행서行書를 익히는데 마음대로 붓이 따라주지 않으니 여전히 의도필부도意到筆不到* 다.

그래도 필법을 익히려 애를 쓴다. 모가 난 마음을 다듬고 수양하니 시간 가는 줄 모른다. 뇌신경과 연관된 중지中指로 방향·굵기·강약을 조절하며 쓰므로, 치매 걱정은 안 해도 된다 하니 위안으로 삼는다. 고전 독서에다 필체를 익히며 수양하고, 치매까지 예방하니 일석삼조一石三鳥다.

어느 날, 혁명 출정을 알리는 거사 문을 대하게되었다. 한글과 한자 병용한 신기생동神氣生動의 필체를 보는 순간 피가 끓어올랐다. 아, 필

---

* 의도필부도意到筆不到 : 뜻은 도착했으나 붓이 도착하지 않는다. 행서行書 글쓰기에서 마음먹은 대로 붓이 안 온다는 뜻.

체가 마음을 움직이는구나! 세월만을 쓰게 됨을 자탄했는데 눈을 감으니 '비장한 각오로 건망증 장애를 극복하라.'는 소리 없는 총성이 고막을 울렸다.

자랄 때 먹고 돌아서면 배고팠듯이 지금은 돌아서면 잊어먹는다. 이해보다는 외워 기억하기가 쉬웠던 나이를 지나니, 이해력은 좋으나 기억상실증에 걸렸다. 그래도 필체는 마음가짐을 다스리니 먹 향기를 맡으며 붓을 든다. 필체를 익히는 과정에서 고전古傳을 홀로 읽을 수 있는 '덤'을 얻었다. 만년晚年에 안빈락도安貧樂道를 할 수 있으니 이런 횡재가 어디 있겠는가. 사서라도 고생을 하기 잘했다 싶다.

유년시절은 고사리 손으로 반듯한 담임선생님의 필체를 닮으려했고, 지금은 굳어진 손으로 '맑은 샘'같은 서실 선생님의 필체를 닮으려하니 나는 영원한 모방인模倣人 셈이다. 하나 모방이야말로 창조의 어머니가 아닌가?

오늘도 나는 글과 함께 늙어 가기를 바라면서 화선지를 편다.

2016. 04

약수터

꽃샘추위가 시샘을 하니 봄이 문턱에서 머뭇거린다. 미련 없이 보내주면 좋으련만 변덕을 부린다. 환절기 때마다 나는 약수터를 찾는다. 약수터가 있는 곳이면 어디라도 좋다. 어제를 환송하고 내일을 맞이하기 위해서다.

약수가 가득한 바가지로 아내와 건배를 한다. 산자락을 바라보며 더불어 세월을 마신다. 흐트러진 마음과 노폐물을 약수로 흘려보내니 눈이 한결 맑아진다. 눈을 감고 새벽 고요 속에서 명상을 하니 내공이 쌓이는 듯하다.

약수터! 옛 선인들이 발견하여, 오가는 과객들이 목을 축였고, 가련한 백성들이 병들고 짐승들이 다쳤을 때 찾아와 몸을 치유했던 약수터, 그런 전설을 읊듯 약수는 보글보글 솟아오른다.

그러니까 약수터는 자연이 베푼 약방이다. 사시장철 솟아나는 샘물은 몸에 이로운 약수藥水이다. 물 성분 종류에 따라 약수의 종류도 다양하다. 약수는 높고 험한 산 정상도 아닌 주위 경개가 온화하고 공기 좋은 곳의 암반 틈새로 비집고 솟아 나온다. 고맙게도 사람들이 쉽게 찾을 수 있는 곳에 자리 잡아, 발길이 끊어지지 않는다.

우리나라 방방곡곡에 유명한 약수터가 많다. 서울에만 20여 곳, 충청의 초정, 경북의 달기, 경남의 화개, 강원의 오색, 방아다리를 비롯하여 남북한 약수터는 수 백 개나 된다. 모두 이름값을 하는 금수강산의 영천靈泉이다. 휴양림과 함께 있는 약수터는 금상첨화이다.

지하에서 솟아나는 광천수鑛泉水로 온천과 냉천이 있는데 약수는 냉천이다. 수맥 압壓이 미네랄 무기질이 녹아, 암반 밑 저장조貯藏槽에 갇혀있는 물을 바위 틈새로 밀어내어 솟아나는 물이 약수이다. 신비로운 자연현상이다. 지표수 샘과 달리 가물어도 항상 일정한 양이 나온다. 바위 웅덩이에 어느 정도 고이면 중력 차로 용출을 멈춘다. 바가지로 푸면 다시 솟아오른다. 그래서 넘쳐흐르지 않고 스스로 수면 유지를 하는 존귀한 영천수靈泉水이다. 약수는 4°C의 육각 이온수와 비교할 바가 아니다.

약수는 소화불량, 위장병 등의 속병과 신경통, 만성 부인병, 빈혈에 효력이 있다고 한다. 약수를 그대로 마시며, 물수건으로 몸에 발라 피부병을 치료한다. 허약한 사람들이 닭, 오리, 꿩, 노루, 약초 등을 약수로 달여 먹으며, 약수로 밥을 짓기도 한다. 약수 밥은 서기 어린 푸른빛을 띤다.

생활 질이 향상되고 건강에 관심이 많아짐에 따라 약수터를 찾는 사람들이 많아졌다. 다행히 약수터에 가면 약수는 무료로 마음껏 마실 수 있다. 서로 인사도 나누며 마음을 치유하는 힐링 장소이기도 하다. 새벽에 약수터로 산책을 하고 신선한 공기를 마시는, 하루 시작은 행복이다. 약수터에서 조롱박으로 약수를 마시면 뱃속 묵은 체기가 단번에 내려감을 느낀다. 상쾌한 공기와 더불어 약수 냄새가 코언저리에 맴돈다. 신선 경지가 따로 없다.

오대산을 갈 때는 방아다리 약수터를 찾았다. 쭉쭉 뻗은 전나무 숲속 길, 1km를 산책하여 약수터에 도착하면 주위 송진 냄새가 물씬 났다. 약수 산장 인경 소리가 '손님이요.' 했다. 소슬바람을 맞으며 청양음료 탄산 약수 한 바가지를 들면 이내 속 트림을 했다. 상쾌했다. 70%의 물로 된 내 몸 덩어리가 모처럼 물갈이를 한 것 같았다. 찾아온 보람을 느꼈다. 약수터 가게에서 산나물과 약수 막걸리를 사는 것을 빼놓을 수 없었다.

몇 년 전, 한계령을 내려오다 주전골 등산로를 따라 오색천으로 내려왔다. 계곡이 심하게 훼손되었었다. 오색약수터에 당도하니 계곡에서 밀려온 바위들이 약수터를 메워버렸었다. 폐허를 방불했다. 천혜의 혜택을 누리면서 치산치수를 하지 못한 재앙 같았는데, 유사 이래 없었던 태풍 '루사' 수마 때문이었다고 했다. 오색약수터를 찾는 발길이 끊어졌으니 식당가들은 울상이었다. 약수터를 복원하는 데 1년 이상 걸렸다. 큰일을 당하고서야 치산치수의 절실함을 깨달았으니! 다음 해에 들러, 약수 백김치를 맛보니 천하일품이었다.

유년시절, 앞집 할머니가 배앓이 속병을 앓으셨다. 내 친구 효달이는 성심이 착한 효손이었다. 할머니를 위해 물통을 들고 오리가 넘는

앞산 기슭 약수터에서 약수를 길어 와서 생수와 산초를 우린 약수 탕을 드렸다. 효심이 지극 정성하여 할머니는 완쾌되셨다. 마을 사람들이 효달이를 칭송했고 그 약수터를 '효심천'이라 했다.

아무리 천하의 영천 약수라 해도, 착하고 감사한 마음이 아니고선 효험이 없다. 그게 바로 약수다. 미네랄이 많아 3개월 이상 장기간 물 대신 약물만 복용해서는 안 된다. 약수도 과유불급過猶不及이다.

3월 22일은 UN이 선포한 '물의 날'이다. 지구의 물이 병들어 가고 있어 물의 소중함을 경각시키고, 기후온난화와 더불어 대책을 마련하고자 함이었다. 더군다나 2025년에는 우리나라도 물 기근 국가로 전락됨을 예보하고 있다. 물을 물 쓰듯 하면 하늘이 가만있을 리 없다. 게다가 지하수를 개발한다고 마구 천공穿孔을 뚫고 있다. 지하 수맥을 오염시키지 않도록 법제 마련이 필요하다.

역 삼투압滲透壓 방식 정수기는 미네랄을 몽땅 걸러내, 영양이 없는 증류수 같은 정수를 마시게 하고 있다. 물의 근간이 무너지는 소리가 들린다. 보다 현실적인 대안을 마련해야 한다고 본다.

가까이는 2년 후에 평창 동계올림픽이 열린다. 우리나라 백두대간 약수터를 비롯하여 전국의 약수터 약수를 엄밀히 검사하여 표지판에 게시하고, 약수터를 말끔히 단장하여 금수강산 약수가 어떤 것인지 알려 주었으면 한다. 동계올림픽 기간, 다양하게 개발한 관광 상품과 휴양림·온천·약수터가 연계된 인프라 관광코스로 관광객을 사로잡기를 기대한다. 약수터도 관광자원이다!

약수터. 작은 샘터이지만 암반수가 숨 쉬는 곳이다. 선인들이 수양을 할 때 심신을 다스렸던 곳이었다. 산 좋고, 공기 좋고, 물 좋은 곳에 태어나 정기 어린 약수를 마실 수 있으니 마냥 감사할 뿐이다.

오늘 새벽, 새털구름이 펼쳐진 하늘을 바라보며, 인근 '심학산 약천사' 약수터로 향하니 행복을 느낀다.

2016. 3

소나무 잔뿌리

4년 전. 가을이 지나갈 때 아파트 쉼터에 나무를 이식하고 있었다. 그 자리에서 죽은 회화나무, 돌풍에 뽑힌 단풍나무를 이어 세 번째 심을 소나무가 구덩이 옆에 누워 있었다. 적송赤松이었다. 나무 길이는 15m, 뿌리 부분은 붕대 감듯 둥그렇게 마대로 감싸고 고무벨트로 칭칭 감았다.

소나무를 어디서 옮겨 왔는지 자못 궁금했다. 그런데 "내가 왜 이런 신세입니까? 할아버지 날 좀 풀어 주세요." 애절한 소나무 뿌리의 절규다. 고무벨트를 풀고, 마대를 벗기니 뿌리가 드러났다. 잘리고, 찢기고, 엉키고, 발톱이 빠진 마냥 상처투성이다. 잔뿌리가 거의 없었다.

수난을 당한 모습에 아연 실색했다. 둘둘 말린 뿌리를 펴니 3m쯤 되었다. 그런데 유독 긴, 가는 뿌리에 혹이 주렁주렁 붙어 있었다. '아, 송근봉松根捧*!' 가슴이 뛰었다. 천하 묘약 송근봉을 알아보는 사

---

* 송근봉 : 해발 800~1,000m 양지바른 산, 살아있는 소나무 뿌리에 박테리아가 침투하여 생긴 균핵으로 고구마처럼 생긴 덩어리다. 오장을 다스리고, 근골 강화, 어

람은 없었다. 내가 송근봉을 모두 제거하여 봉지에 담았다. 송근봉이 있는 소나무는 균혹으로 인하여 잘 자라지 못하기 때문이다.

소나무는 여느 나무와 달리 이식하여 온전히 자라는 게 쉽지 않다. 실개천이 모여 강물이 흐르듯, 잔뿌리가 토양의 물과 영양을 흡수하여 저장소인 큰 뿌리로 옮긴다. 뿌리가 상처를 입거나 잔뿌리가 없으면 나무가 살 수 없다. 잔뿌리는 생명선이다. 이대로는 안 되겠다 싶어 관리소장한테 자초지종을 말했더니, 작업 범위가 달라졌다. 뿌리 길이에 맞게 넓고 깊게 파고, 엉킨 뿌리를 가지런히 펴서 구덩이에 안치했다. 덩그런 뿌리사이 흙을 채우고 묻었다. "이대로는 돌풍에 뽑히니 관리소장의 명예를 걸고 소나무가 온전하도록 해 주세요." 은근히 으름장을 놓았다. 밤늦게까지 나무에 밴드를 채우고 4방향으로 철사 줄 네 개로 지상 고정 체에 연결하였다. 일이 끝나자 천하의 명약 근골강화, 어혈제인 송근봉을 설명하고 일한 분들에게 나누어 주었다.

그날 잠자리에 누우니 백복령白茯笭* 이 아른거렸다. 어릴 적 고무신이 닳으면 괭이를 들고, 벌목한 지 3~4년 된 그루터기 뿌리에 기생한 복령을 캐러 갔다. 복령을 약초 시장에 내다 팔면 새 고무신을 살 수 있었다. 그루터기 둘레를 팠다. 나무는 잘렸지만 잔뿌리는 따뜻한

혈제, 신경 안정제, 산후통 다스리는데 약성이 뛰어나다.

* 백복령 : 소나무를 베어낸 지 3~4년 된 그루터기 뿌리에 생긴 균핵으로 피부 미용제, 부종제거, 제사제, 정신 안정제, 산후조리에 약효가 뛰어나다. 복령 속이 흰 것은 백봉령, 붉은 것을 적봉령이다.

온기를 품고 복령을 키웠으니 복령 젖줄이다. 향기를 뿜는 백복령을 발견하면 나는 찢어진 고무신을 들고 껑충껑충 뛰었다.

소나무 버섯 종류는 복령과 송이松栮다. 해송의 복령은 적복령, 적송의 복령은 백복령이다. 복령은 배달겨레의 만병통치 신약이다. 이와 달리 송근봉은 산 소나무 잔뿌리에 생긴 균혹이다. 동쪽으로 뻗은 가는 뿌리의 송근봉은 중풍, 산후풍, 관절염에 특효가 있는 묘약이다. 그러니 소나무 잔뿌리는 동이족이 늘 푸르게끔 한, 신비한 명약의 뿌리인 셈이다.

소나무 아래 송화 가루가 묻은 솔가리, 토양과 습기가 잘 접합된 곳에서만 송이 포자胞子가 서식하여, 버섯의 귀족 송이가 솔가리를 헤치고 탄생한다. 소나무가 죽으면 송이 포자는 사라지는데, 이는 소나무 잔뿌리 영향이다. 소나무가 살아서는 송이·송근봉을, 죽어서는 복령을 잉태한다. 모태인 소나무 잔뿌리는 땅의 정기를 흡수하여, 솔잎, 솔방울, 속껍질, 뿌리 등 전신을 보약재로 만든다. 등유가 없을 때에는 안방과 부엌 사이 광창을 밝히는 광솔이 송진이 밴 죽은 소나무 잔뿌리다. 이러니 죽어서도 어둠을 밝힌다.

다음해 늦봄에야 솔잎이 까칠까칠하게 났다. 급기야 나무에 링거 영양제 비닐 팩이 매달렸다. 몸살을 앓는 파리한 환자 모습을 일 년 내내 지켜보는 마음은 편치 않았다. 송화 가루가 날릴 리 없었다. 소나무 잔뿌리가 내려야 할 텐데. 늦가을 소나무 주위에 거름을 묻을 때 동참했다.

심은 지 2년차 작년 봄에는 제법 솔잎이 무성하게 나고 송화가 피었다. 헌데 여름에 자세히 보니 솔방울이 가지마다 붙었다. 생의 위협에 시달렸는지 생존 본능을 위해 소나무 잔뿌리가 살 도리를 마련한 것이다. 소나무 옆 가로등을 미쳐 생각 못 했다. 관리소에 건의해서 가로등을 다른 데로 옮겼으니 소나무가 밤에 눈을 붙일 수 있게 되었다.

올해는 물 오른 솔잎 가지에 탐스런 솔방울이 열렸다. 작년 겨울을 지난 누런 솔잎이 겨울 문턱에서 싱싱한 솔잎에게 인계인수하고 솔가리로 떨어진다. 거름을 묻으려 뿌리를 파니, 쭉쭉 뻗은 뿌리에 잔뿌리가 있었다. 그 잔뿌리가 겨울나려는 솔잎이 얼지 않도록 온기의 수액을 보내는 것이다.

뿌리가 제대로 자랐으니, 소나무를 옥죄었던 쇠사슬을 제거했다. 주민들이 고고한 적송의 자태를 보며 감탄했다. '정일품'이라 했다. 한 그루의 소나무가 이렇게 선경仙境을 펼칠 줄이야! 그으한 운치를 품은 자태, 금수강산을 지켜온 넋, 소나무를 보면 나라사랑을 느낀다. 다음날 참새가 소나무 가지에서 재잘거린다. 소나무 잔뿌리가 뿜어 올린 솔향을 용케 맡고 온 것이다.

폭풍경보가 내린 저녁, 바람이 아파트 단지 골목을 돌아와 회돌이 친다. '윙~ 윙' 세찬 바람, 단풍이 혼비백산 하늘로 올라간다. 나무가 휘청거린다. 창문이 부르르 떤다. 소나무는 뽑히지 않으려 안간힘을 다한다. 새벽, 바람이 멎자 예의 그 소나무를 찾았다. 돌풍을 이겨낸 소나무가 나를 반기니 코가 찡했다. 드디어 소나무가 정착했다. 내가 정착하려 애썼듯 역경을 이겨낸 소나무 잔뿌리, 대견스러워 보였다.

청아한 솔바람이 분다. "남산 위에 저 소나무 철갑을 두른 듯 바람
소리…" 소나무가 날 보고 푸른 성정으로 살라 한다. 소나무 잔뿌리
처럼.

2016. 12

5부
교칠지교 우정의 불길이

아, 목련화에 거름이 된 나무 박사

해질 무렵 천리포수목원에 도착하여 여장을 풀었다. 바다와 접해있는 이 수목원은 바다 냄새가 물씬 나는 서해의 푸른 유토피아이다. 수목원치고 이런 곳이 있었는가 싶다. 하늘을 가로지른 해가 피로한 몸을 바다에 잠그니 수평선 바다는 노천온천 대욕장을 방불케 한다. 철새들이 때마침 해목海沐을 한 듯 낙조를 즐기며 수목원을 향해 환상적인 군무를 펼친다. 장관이다. 일 년 내내 곡예비행을 해 주면 좋으련만 철이 바뀌면 미련 없이 떠나간다. 저들과는 달리 이곳 수목들이 푸르게 자리를 지키는 건 오로지 나무와 숲을 사랑하여 '천리포 보물'로 가꾸어 준 사람 덕분일 것이다.

해변 언덕 '사철나무집' 숙소는 소나무로 둘러싸인 녹색 별장 같다. 500m 앞 바다의 '닭섬'을 휘 돌아오는 밀물은 갯벌의 향기를 싣고 해변의 고운 모래 위로 미끄러져온다. 바다와 어우러진 여기로 오길 잘했다 싶다.

태안은 다른 곳에 비해 가을이 늦게 찾아온다. 열매가 익었는데 잎들은 아직 초록이다. 어둑한 그믐 밤 수목원의 나무와 숲의 잠자리를 살펴주는 별자리가 정겹고 유난히 초롱초롱하다. 아내는 내일이 기대되는지 뒤척거린다. 난생처음 수목원 정취를 느끼며 잠자리에 들었다.

고사리 손으로 아카시아 깍지 씨를 발리고 잔디의 씨도 훑어 모았다. 담임선생님의 칭찬을 받고자 부지런히 모아 등교하는 길은 멀지 않았다. 신이 났다. 선생님께서는 아동들이 받아온 씨를 모아 사방사업에 전달하시면서 18세기 후반 덴마크의 부흥 운동가 '엔리코 달가스' 얘기를 들려주셨다. 전쟁에서 패하여 실의에 빠진 국민들에게 '밖에서 잃은 것을 안에서 찾자'며 황무지 사구砂丘에 방풍림을 조성 낙농국가를 일군 얘기에 모두 귀가 쫑긋하였다. 유년시절의 꿈이었다.

우리나라도 1961 ~ 70년, '조국 근대화'란 비전 아래 새마을사업, 산림녹화사업에 대한 열기가 충천했다. 온 국민이 '잘 살아보세' 노래를 합창하며 삽자루를 들어, 끝내는 보릿고개를 넘기고 푸른 금수강산을 되찾았다. 푸르른 역사를 세계에 알렸다.

단잠에서 깨어나 창밖을 내다보니 나뭇잎들이 손님을 맞이하기 위해 새벽이슬로 세수를 하고 있었다. 뜰을 나서 나지막한 언덕 주위 사색의 길을 산책하니 심신이 상쾌하였다.

서둘러 조반 후 수목원 본원을 둘러보고 힐링 센터에서 해설사의 안내를 받아 최근에 개방한 지역(1만 8천 평)의 탐방에 나섰다. 탐방로는 목판으로 깔렸고 나무 펜스로 식물들과 이격시켰다. 모란원을 비롯하여 21개의 원圜으로, 수목들이 식물별로 군락을 이루어 서루 의지하며 자라도록 배려했다. 아침 햇살과 싱그러운 바람을 맞으며 잎들이 저마다 살랑살랑 인사를 했다.

천리포수목원 설립자는 독일계 미국인 Carl Ferris Miller이다. 1946년 통역장교로 한국의 땅을 밟은 이후 1953년 한국은행에 취직하면서부터 57년간의 한국에 대한 운명이 시작되었다. 1962년 이곳 두메 지역에서 농원 부지로 구입한 5천 평을 기반으로 점차 확장된 부지 18만 평은 온통 헐벗은 민둥산과 황폐한 들이었다. 1970년도부터 본격적인 조림사업을 시작하였다. 40여 년간 기후가 비슷한 국내외 여러 곳으로부터 현지 기후와 토양에 적응할 수 있는 식물들을 지속 수집하여 체계적으로 관리하였다.

1979년 산림청 산하 비영리 재단법인 설립을 거쳐 1996년 공익법인 재단 인가로 국내 최초 민간 수목원을 탄생시켰다. 그는 한국인보다 한국의 사계절 금수강산과 풍속을 사랑했기에 어머님의 반대에도 불구 1979년 대한민국 귀화 1호 '민병갈' 이름으로 국적을 취득했다.

집념과 열정으로 사재를 털어 수목원에 쏟이 부었다. 주경야독晝耕夜讀한 한국식물도감은 닳고 닳았다. 국내 최대 식물 종種 보유 수목원으로, 60여 개국에서 도입한 것을 포함 1만 5천여 종류를 확보 식재하여 세계에서 12번째, 아시아에서 최초로 아름다운 수목원으로 인증 받았다. 헐벗은 민둥산을 서해의 푸른 보물로 탈바꿈시켰으며 산림 전문가를 배출, 전국 생태수목원 탄생에 기여했다. 조국근대화 산림녹화 기수로서 '달가스' 역할을 했다

스스로 돕는 자는 하늘이 계시를 내린다. 1978년 완도에서 감탕나무와 호랑가시나무의 자연 교접으로 생긴 신종 희귀식물을 발견하여 국제식물학회에 학명 'Flex x Wandoensis C. F. Miller'로 등록, 한국명으로 '완도호랑가시'로 정했다. 이를 계기로 1978~98년까지 수목원에서 종자를 배양하여 다국 간 종자 프로그램을 통해 번져나갔고, 36개국 140개 기관과 교류 관계를 맺어 다양한 품종의 나무들을 들여왔다.

국내외 희귀식물들이 하나 둘 사라짐에 아예 희귀식물의 피난처를 마련하였다. 정성껏 모셔와 군락으로 가꾸니 비실비실 몸살을 앓던 나무들이 싱싱하게 자랐다. '외로우면 몸도 아프다.'는 말을 나무가 대신 말해주었다. 희귀종 식물들을 배양하여 세계에 수출할 수 있게 되었다. 국제적으로 식물학적 가치가 높은 희귀종 지역은 아직까지 비 개방 지역이다. 내성이 생기면 희귀식물 에덴동산으로 개방될 것이다.

나무를 사랑하다 보니 결혼을 못했다고 한 그는 '300년 뒤를 보고 수목원 사업을 시작했다. 미완성 사업이 나의 사후에도 이어져 제2조국으로 삼은 대한민국에 값진 선물로 남길 바란다.'고 했다. 사랑을 듬뿍 받은 380여 종의 무궁화들이 대열을 이루어 목청껏 애국가를 부른다. 무궁화동산 심포니 지휘자는 나무박사님이셨다. '대한민국 국화로서 이제야 제대로 대우를 받는다.'라며 상기된 얼굴은 배달겨레 무궁화이다. 민병갈 박사는 2002년 4월 8일 80세로 타계했다. 그의 어머님은 목련화를 좋아했다. 해서 그의 육신은 어머님을 그리며 매일 아침 인사드린 목련화에 거름이 되었다. 그해 목련화는 목 놓아 울다 꽃을 피우지 않았다. 대신 학이 깃들었다. 은혜와 사랑의 인과응보가 아니겠는가!

어버이 손길로 일일이 가꾼 아름다운 꽃 자태, 은은한 향기, 울창함에 어안이 벙벙했다. 나무와 숲을 사랑한 '민병갈 박사'가 한없이 존경스러울 뿐이었다. 적절히 표현할 말을 못 찾은 채 떠나는 나에게 목련들이 "봄에 날 보러 다시 또 오세요." 손을 흔든다. 그제야 나도 손 흔들며, "천리라도 오겠소 목련, 자목련 그리고 천리포 보물, 여러분을 사랑합니다."

귀가하면서 가곡 '목련화'를 불렀다. 봄 길잡이 가인이며 배달의 얼인 목련화. 목련 향기가 노래를 타니 부르고 또 불렀다. 다음엔 필히 무궁화 속살 빛 같은 자목련을 만나리라.

2015. 12

발빠짐 조심

　벚꽃이 하늘하늘 꽃비가 되어, 사뿐사뿐 걸어가는 여인의 양산 위에 떨어진다. 떨어진 꽃을 밟으며 하늘을 쳐다보니 나뭇가지 사이 햇빛은 눈부셨다. 돋아난 순들은 마치 참새 혓바닥 같아 앙증스럽다. 그 꽃길을 지나 당산 전철역 계단을 내려왔을 때였다. 내 나이 또래로 보이는 분이 작은 배낭을 메고 양손에 들었던 물건을 내려놓고 숨을 몰아쉬며 땀을 닦고 있었다. 어디로 가느냐고 물으니 나와 같은 방향이라 짐 하나를 내가 들고 승강장에 도착, 인사를 하며 스크린도어 앞에서 전동차를 기다렸다.

　스크린도어엔 '발빠짐 조심' 경고문 아래 '승강장과 전동차 사이의 간격이 넓습니다.'란 주의문과 더불어 '고객의 안전을 최우선으로 합니다.'란 글이 있었다. 전동차가 도착 스크린 문이 열리자 나는 무심결에 "발 조심 하세요."라고 했다. 경로석에 앉자마자 배낭에서 김밥을 꺼내 점심 요기를 하시는 그분은 실버 택배원이었다.

출퇴근 시간을 피해 오전, 오후 두 행보를 하며 전철 신세를 많이 진다고 했다. 용돈을 버시냐고 물었더니 일당을 모아 손자 용돈과 불우 이웃 돕기를 한다고 했다. 가슴이 찡했다. 꽃잎을 밟고 온 자막이 휘~익 사라졌다. 서실과 수필 강의실을 기웃거리기만 하는 내가 부끄럽기만 했다.

그분 얼굴은 햇볕에 탔고 손은 거칠었으며 머린 희끗희끗하였다. 동분서주하는데도 힘든 표정은 아니었다. 내 나일 묻기에 염색을 해서 그렇지 고희를 넘었다니 눈웃음 지었다. 나더러 지팡이 신세가 아니어서 다행이라며 발이 보배이니 승강장 발빠짐 조심하란다. "곧 발빠짐을 없애야겠다!"고 하니 발빠짐 조심 전도사로 보였다.

신촌역에서 나는 하차했다. 스크린도어가 닫히기 전 승강장과 전동차 사이 간격을 보니 한 뼘 정도였다. 스크린도어가 닫히고 철마는 말없이 달렸다. 무심코 승, 하차했었는데 이제는 그냥 넘어갈 일이 아니었다.

손전화하며 승차하는 사람들, 뒤축이 뾰족한 신발을 신은 사람들, 지팡이를 짚은 노인들 다들 걱정이 앞선다. 출퇴근 때는 밀고 밀리기에 승강장 밑바닥을 볼 수 없다. 빠졌다가는 영락없는 인명사고다. 해서, 내가 자주 이용하는 전철들을 탈 때마다 조사를 하였다. 승강장과 전동차 간 사이를 완벽하게 보완한 곳은 한 곳도 없었다. 국회의원 선거운동 기간이었는데 전철을 이용하여 서민 안전을 살피는 입후보자는 아무도 없다. 방치된 대로 철마는 달리고 멈추고를 반복하고 있을 뿐이다. 눈을 감고 달릴 뿐이다.

인명중시 관점에서 풀 프루프(Pool Proof)란 안전 용어가 있다. 바보도 다치지 않는 시설 보완이다. 완전무결한 설비라도 지적확인을 생활화, 인재人災를 제로(Zero)화하여 부모로부터 물려받은 신체가 온전하도록 하는 게 자식 된 도리다. 문안 인사가 "안녕하십니까?"이지 않은가. 천재지변도 예방하려 노력하는 마당에 인재를 자초하는 어리석음, 안전 불감증 망령을 이 땅에서 영원히 추방하자!

내가 경험한 바로는 안전사고는 발생 확률이 무시된 채 여지없이 일어난다는 사실이다. 편의성, 생산성 향상을 위해 증속 등 개선을 할 시, 신神은 질투하여 허점만 있으면 가차 없이 그 대가를 치르게끔 안전사고를 유발한다는 게 내 나름대로의 지론이다. 풀 프루프와 지적확인을 체질화하고 인명중시를 최우선으로 하여, 인재는 물론 인재와 천재天災가 조우하여 발생되는 재앙을 사전에 예방했다.

발빠짐 조심 → 승강장과 전동차 간격 넓음 → 고객의 안전을 최우선한다. 앞뒤가 맞지 않은 면피 작전이다. 준공 안전검사를 어떻게 했는지는 고사하고 간격이 넓으면 보완해야지 방치한 채 안전을 최우선한다고 하니 후안무치하지 않은가. 사이 간격을 고무 패드로 보완하는 게 뭐 그리 어려운가. 프랑스 '떼제베' 전동차는 정지 때 슬라이딩 판이 나와 간격을 메워주는데, 우리나라 전철이 세계 최고라고 하니 기분이 씁쓰레하다.

내 걸음걸이는 팔자걸음이다. 아내한테 똑바로 걸을 수 없느냐 핀잔을 받지만 고칠 수 없다. 초등학교 등굣길에 눈이 많이 쌓여 설피雪皮를 신고 가다 보니 일자로 걸을 수 없어 팔자걸음이 되어버렸다. 신발 닳음도 바짓가랑이도 항상 문제였다. 그러나 발빠짐 방지가 체질화가 된 여유작작한 '선비 걸음'이라 자위했다.

그런데 서해안에서 근무할 때였다. 서해는 동해와 달리 푸른색 아닌 회색빛을 띤다. 해 질 무렵 바다는 검게 되고 썰물이라 갯벌이 드러났다. 나 홀로 바지를 걷고 썰물 빠지는 데까지 접근해 갔다. 갈매기를 벗 삼으며 낙조와 갯벌 냄새, 발가락 감촉을 만끽하다가 나도 모르게 갯골에 빠졌다. 허리까지 빠졌으니 빠져나올 방법이 없었다. 허우적거리다 몸을 뒹굴어 겨우 탈출했다. 순식간에 일어난 사고였다.

머리에서 발끝까지 갯벌투성이가 되어 빠져나올 때, 썰물은 밀물이 되어 혀를 날름거리며 나를 쫓아왔다. "걸음아 나 살려라!" 사지(死地)를 벗어나려 했지만 갯벌은 죄다 갯골 같아 보여 해안까지 빠져나오는데 한참, 혼비백산이었으니 시간이 얼마나 걸렸는지 몰랐다.

모랫벌이 없으니 바위에 걸터앉아 빠졌던 갯골을 보니, 검은 바닷물에 잠겼고 갈매기들은 보이지 않았다. 등에 흐른 식은땀과 갯벌이 범벅이 되어 줄줄 흘러내리고, 갯벌 냄새가 비릿하게 났다. 동행자나 널판자가 있었다면 이런 낭패를 당하지 않았을 텐데, 지변地變과 인재가 합쳐 일어난 안전사고의 한 유형을 직접 겪고, '2인1조'란 생활신조를 갖게 되었다.

시민의 발인 전철 승강장의 '발빠짐 조심 개선' 민원서를 제출해야지 벼르며 전철역에 갔다. 전철이 도착하여 스크린도어가 열렸는데 발빠짐 간격이 고무 패드로 장착된 게 아닌가! "발빠짐 조심 전도사가 나보다 앞서 해 냈구나."싶었다. 역마다 간격이 보완되었으니 다행이었다. 경로석에 앉자 눈을 감으니 난데없이 경로석이 없는 인생 열차가 떠오른다.

'시간이 멈춘 곳'으로 향하는 인생 열차를 탄, 내가 아닌가. 여기저기 헤매며 기웃거리다 헛디디는 날에는 운행중지 될 터니 나야말로 발빠짐 조심'해야겠다. 꽃길이 아닌 험로를 갈지도 모를 인생 열차, 안전운행을 맡을 발만 바라본다.

2016. 6

골이수 骨利水

　어제 눈이 제법 많이 내렸다. 버스도 엉금엉금 기어가기에 두 정거장 전에 내려, 함박눈을 맞으며 걸으니 동심으로 돌아간 길이었다. 아침에 발길이 푹푹 빠지는 길을 걷고 싶어 심학산 둘레길에 들어서자 아침 햇살이 눈부시다. 등산화에 아이젠, 스틱까지 챙겼으니 걷는데 불편한 게 없다.

　산 정상을 향해 가는데 참나무 숲속에 자작나무, 단풍나무가 보인다. 유심히 보니 밑동 줄기가 여러 갈래로 자란 교목 고로쇠나무다. 반가운 자작나무·고로쇠나무, 약물 나무다. 박달나무도 있으면 좋으련만 보이지 않는다. 아내는 벌써 정자각에 올라, 시원한 바람을 즐기다 물병을 준다. 달착지근한 물이다. 올라오면서 반갑게 바라본 나무에서 뽑은 약수 같다. 여기 오면 옛날 뒷동산에 오른 기분이다.

　어머니가 아들 일곱 만에 공주를 낳으시자 집안이 떠들썩했다. 아버지는 고추 대신 숯 달린 금줄을 치시며 분주하셨다. 학교에서 돌아

오자 아버지께서 물초롱을 가지러 가자 하셨다. 영문도 모르고 어머니한테 "집에 물이 떨어졌어요?" 묻는데 "뭘 그리 꾸물거리나?" 문밖 아버지 목소리다. 짚신을 신고 나서니, 아버지는 물지게를 지고 서산을 바라보셨다. 자색 노을 위로 학이 날아가는 상서祥瑞로운 저녁 하늘이었다.

뒷산 정상을 헉헉대며 오르자 여기저기 박달나무와 자작나무에 탯줄 모양인 호스(Hose)를 꽂아 물초롱에 수액을 받는 정경이었다. 아버지는 호스가 꽂힌 박달나무 앞에서, 두 손을 맞잡고 읍揖 하며 "약수 동냥을 주셔서 감사합니다." 읊조린 후 절을 하셨다. 자작나무 앞에서도 마찬가지였다. 호스를 꽂기 전에도 그렇게 절을 하셨으리라! 치성을 드리며 받은 물초롱을 지게로 옮기고, 싣지 못한 두 물초롱은 내 몫이었다.

곡우가 되면 박달나무와 자작나무에서 채취한 물이 곡우 물이다. 할아버지께서 선조들의 고향, 북청北靑을 자주 찾으며 드신 곡우 물이 그리우셨는지 뒷산 정상에 심었던 박달나무, 아버지가 심으신 자작나무가 군락을 이루었다. 할아버지께서 박달나무로 손수 만드신 장식구와 다듬잇방망이, 홍두깨, 도마는 할머니부터, 어머니, 큰 아주머니로 대물림되었다.

물지게를 지고 집에 오시면서 "곡우 물과 고로쇠 물은 나무가 주는 약수藥水다. 나무의 품위를 말하자면 배달 박달나무가 백작伯爵이고, 숲속의 여왕 자작나무가 자작子爵이며, 쌍 잎 고로쇠나무가 남작男爵이다." 하셨다. '신단수神檀樹 아래서 신시를 열었다'는 단檀이 신성시

한 박달나무로, 그 꽃은 자태가 고상하고 단아하여 백작으로 칭했는지도 모른다.

집에 오자 부엌 가마솥에 물초롱 약수를 붓고 불을 집혔다. 어느 정도 달인 시럽(Syrup)을 항아리에 담고, 남은 것은 더 졸여 조청 같은 겔(Gel)을 따로 병에 담았다. 공주를 낳으신 어머니를 위해 정성을 들이셨다. 항아리에 담은 시럽은 산후조리, 산후통이나 허약체질에 효험이 있고, 겔은 피부미용, 피부염 치료제다. 곡우 물 생수는 미네랄이 함유된 천연 알칼리 이온 음료로, 위장병·신경통·변비 해소에 쓰이며, 잎과 껍질, 뿌리는 지혈제, 관절통과 골절 치료제인 민방 약재다.

고로쇠는 골이수骨利水로부터 유래되었으며, 뜻대로 뼈에 이로운 약수다. 고로쇠 수액樹液은 경칩 때 채취되고, 곡우 물은 곡우 때 박달나무·자작나무에서 채취된다. 둘 다 부유스름한 색 골이수로 감사한 마음으로 복용하면 약효가 배가되는 약수다. 햇볕이 나는 낮에만 나오는 신령神靈스러운 물이다. 비가 오거나 흐린 날, 밤에는 나오지 않으니 남몰래 채취할 수 없다.

요즈음 '고로쇠 축제'로 고로쇠 수액은 농가의 소득원이 되며, 실명제로 판매되어 믿고 마실 수 있다. 한자리에서 고로쇠 물, 짭조름한 마른 오징어, '구룡포 과메기'를 즐길 수 있으니 참 좋아진 세상이다. 동우회 모임 날짜를 나더러 잡으라 한다. 그날 불가마에서 골이수로 몸에 찌든 노폐물을 빼고 골밀도를 높이자는데, 여자들은 곡우 물, 남자들은 고로쇠 물을 들자고 물 타령한다.

나무에 치성을 드리며 골이수를 채취하시던 아버지 모습이 아련히 떠오른다. 곡우 물, 고로쇠 물 모두 나뭇가지에 싹을 틔우는 양수羊水 같은 생명수다. 꽃샘추위 속에서 떨면서도 아낌없이 베푸는 골이수가 아닌가? 감사한 마음으로 들면 될 것이지, 고로쇠 물이면 어떻고 곡우 물이면 어떠랴!

2017. 12

분리수거 실명제

   '분리수거 24년… 재활용 반도 못한 헛 수거', '카페 안에선 1회용 컵 금지' 알고 계셨나요?' 연이틀 조간신문의 머리글 대서특필이다. 미세먼지에 이어 중국의 폐비닐 금수禁輸 조치로 '재활용 쓰레기 대란'은 진행 중, 지자체가 대책 없이 우왕좌왕하는 현주소는 한마디로 재앙이다. 버스에 음료를 반입 못하게 하니 정류장은 쓰레기 집하장이다.

   추석이 다가오면 고속도로가 벌초 행렬로 붐빈다. 고향에서 자랄 때 추석을 맞으려 마을 도로를 단장하고, 길가 무성하게 자란 풀을 베어 퇴비로 만들 때 분리수거할 쓰레기는 없었다.

   요즈음 정황은 다르다. 추석 명절 기간 분리수거 협조 공고문이 게시되고, 환경미화원의 일손이 새벽부터 바쁘다. 예초기로 무성하게 자란 잡초들을 베면 풀 속에 숨겨진 쓰레기들이 볼썽사나운 모습을 드러내며 예초기 날에 걸려 튀어 오른다.

편의점 도시락, 컵라면 용기, 공병, 페트병, 스티로폼, 일회용품 등 쓰레기와 음식물 쓰레기가 검정 비닐봉지에 뒤섞여 현장에서 분리수거를 할 수 없다. 일단 수거하였다가 집하장에서 다시 분류하니 죽을 맛이다. 얌체족은 양심을 버리고 미화원은 땀 흘려 벼 이삭 줍듯 한다.

한바탕 먹어 치우는 명절 풍속 탓인가? 생활쓰레기가 거리로 쏟아져 나와 평소 배를 넘는다. 추석 연휴 5일 동안 수거 업체가 2~3일 쉬었는데 온 동네가 난장판이 되었다. 종량제 봉투 수십 개가 인도에 산처럼 쌓였고, 구멍 뚫린 음식물 쓰레기봉투에서 새어 나온 오물이 도로 한가운데로 흘러 주위는 악취가 난다. 쓰레기 집중 단속지역 표지판도, 무단 쓰레기 투기 과태료' 고지도 속수무책이다. "치워 달라"라는 민원이 폭주한다고 보도되었다. 왜 이런 상항이 벌어질까?

쓰레기도 자원이다. 재활용하거나 자연으로 돌려보내 주어야 한다. 우리가 사용하는 물건들은 크건 작건 자연에서 채취, 비용을 들이며 공정을 거쳐 우리에게 왔다. 몽당연필도 아껴 썼던 우리 세대와 달리, 요즈음 소비가 미덕이라지만 함부로 버려 자연을 오염시킨다. 해도 너무한다.

보다 실천적인 쓰레기 발생 줄이기, 쓰레기 분리수거 교육, 홍보, 계몽이 범국민 차원에서 이루어져 분리수거 체질화가 되어야 한다고 본다. 음식문화가 달라지면 그에 따른 자연사랑, 자원 활용, 윤리의식이 수반되어야 한다.

88올림픽을 기점으로 우리만큼 깨끗하고 쾌적한 고속도로 화장실을 운영하는 민족은 없다. 화장실 문화 1등 민족이다. 한다면 해내는 민족, IQ가 지구상에서 가장 높은 민족 자부심이 투기 쓰레기로 구겨지고 있다.

쓰레기도 깨끗한 몸매를 갖고 싶어 한다. 쓰레기 자체가 오염되지 않도록 조금만 신경 쓰면 재활용에 비용이 적게 들고, 자연 품으로 돌아갈 때 환경을 오염시키지 않는다. 무심코 버린 쓰레기는 금수강산을 훼손시켜 언젠가는 우리, 아니면 후손에게 돌아온다. 점차 주거 인근 지역 약수터가 오염, 폐쇄되니 가슴 아프다. 다 사람 탓이다.

쓰레기 분리수거 도입으로 환경친화기업을 이루어냈던 지난날 추억이 떠오른다. 나는 1996년도 인천에 있는 D社 철강공장에 부임하였다. 준공 5년이 지났는데도 흑자 경영이 이루어지지 않았다. 공장 바닥은 쇳가루 비산, 기름 범벅으로 오염되어 작업복은 2일 입기가 어려웠다. 쓰레기가 많이 배출, 자체 소각장을 운영하니 매일 다이옥신 비상이 걸렸다. 품질 보장은커녕 클레임 처리하느라 골머리를 앓았다. 재해 다발 공장이니 내우외환이었다.

주저앉을 수는 없었다. 3일간 근본적인 문제 해결 토의 끝에 채택된 것이 '청정 공장'이었다. 모두가 넝마주이, 환경 파수꾼이 되어야 했다. '환경친화기업'에 도전을 선포하고, 나도 넝마주이 멤버가 되었다.

해결 과제가 오염 발생원 차단과 쓰레기 실명제 분리수거로 소각장을 없애는 것이었다. 쓰레기, 오염 발생원을 찾아 해결해 나갔다. 두더지, 타잔 작전으로 버려지고 숨은 쓰레기를 색출하니 쓰레기 집하장은 산더미였다. 중금속 폐기물과 재활용 쓰레기를 철저히 분류하여 실명제 분리수가를 하였다.

공장 바닥과 설비는 깨끗해졌고 산더미처럼 쌓였던 쓰레기는 십분의 일 로 줄었다. 2년 만에 소각장이 필요 없어 철거했다. 폐수처리장 수족관에서 관상어를 기르게 되었다. 작업복 입고 출퇴근하는 사원들의 얼굴이 훤했다.

철강회사로서는 처음으로 환경친화기업 인증을 받았다. 전 사원은 환경친화기업 마크가 새겨진 재생지 명함을 갖게 되었다. 유럽 바이어들이 친환경 품질경영을 확인하고, 한국 최초로 철강제품을 유럽에 수출하게 되었다.

무재해와 Claim Zero, 우수한 품질로 탄탄한 흑자경영이 이루어졌다. 이는 넝마주이, 쓰레기 분리수거 실명제를 시행하여 가장 원천적인 실패 금액이 발생하지 않았고, 환경친화기업이 황금 알을 낳게 되었다.

나는 넝마 줍기 한 것을 자랑스럽게 여긴다. 일주일에 두 번, 새벽 산책 삼아 쓰레기봉투와 집게를 들고, 버스 정거장 주변과 국화 . 영산홍 군락 숲속에 버려진 해코지 쓰레기를 줍는다. 계절이 머물다 가는 자리가 깨끗하도록 하는 건 지난날 분리수거가 몸에 밴 탓이다.

내친김에 갈등과 스트레스, 마음의 앙금까지도 분리수거하여 훨훨 태워버려야겠다.

2016. 9

참숯 가마

입추인데도 태양이 참숯 가마 화염처럼 이글거린다. 밤낮으로 이어지는 '가마솥더위'가 기승을 부린다. 연일 폭염경보가 내려진다. 도심은 열섬현상으로 찜통이다. 바람마저 후끈후끈하다. 고속도로는 피서 행렬로 북새통이다.

며칠간 열대야로 잠을 설쳤더니 몸이 욱신욱신하다. "무얼 꾸물대나?" 몸이 재촉한다. 남들은 계곡과 바다를 찾지만, 나는 인근 참숯가마에서 이열치열以熱治熱이다. 돈도 절약되고 피서길 후유증이 없어 일거양득이다.

앵무봉 참숯 가마로 향했다. 일산에서 파주 '보광사'를 지나 4킬로를 가면 앵무봉 기슭에 참숯 가마가 있다. 승용차로 40분 거리다. 전통 재래식 참숯 가마로 우리 집에서 가까워 자주 찾는 앵무봉 황토 참숯 가마다.

첫 손님으로 주인아주머니 여사장이 반긴다. 한동안 뜸했느냐고 안

부도 묻는다. 엊저녁 밤에 갑자기 소나기 폭우가 쏟아져 대처하느라 난리 법석을 피웠다고 했다. 언제 만나도 친절하고 상냥하다.

앵무봉 참숯 가마는 아홉 개다. 한 가마에 약 10톤, 1.8M 길이 참나무를 세워 빼곡히 충전한다. 불쏘시개를 놓고 입구를 벽돌과 진흙으로 쌓는다. 참나무에 불이 붙으면 완전히 밀봉한다. 참나무는 진공 상태에서 전열傳熱로 옮겨 붙어 6일간을 탄다. 가마 속의 참숯불은 약 900도로 1m 뚜께의 벽체와 천정을 달군다. 6일 후에 입구 벽돌을 허물고, 붉은 숯을 꺼내 드럼통에 담아 작업장에 옮겨, 재로 덮어 백탄을 만든다.

참숯 가마에서 신비의 참숯이 탄생된다. 진공 상태에서 구워진 참숯은 탄소 덩어리로, 구멍이 많은 다공질多孔質 물체다. 참숯 1g당 구멍 표면적이 약 백 평이니 경이적이다. 그 구멍 구조가 참숯 비밀을 간직하고 있다.

참숯 탄소에서 발생되는 음이온이 소멸되기까지는 4500만 년이 걸린다. 유물 연대를 측정하는 데 활용한다. 참숯이 탈 때 원적외선을 방출한다. 참숯이 거느린 기상천외한 '다공질·음이온·원적외선' 삼총사는 환경과 인류에 지대하게 공헌한다. 참숯은 탄소질이 80%, 나머지는 미네랄 보물창고다. 다공질은 제습·여과·흡착 효과에, 음이온은 방부, 탈취 작용을 하며, 원적외선은 온열 효과, 염증, 근육 경직 등 질병 치료에 이용된다.

인체의 실핏줄 길이와 인체 무게에 해당하는 참숯 구멍 표면적 수치가 맞먹으니 놀랍다. 선조들은 이를 감안 참숯을 활용하는 지혜를 가졌다. 팔만대장경 보관에 참숯을 활용했고, 미라 방부제로 이용했으며, 출산하면 탄생 아기와 산모를 위해 출입문 새끼줄에 숯을 삼칠일 간 매달았다. 배달민족다운 슬기다. 장 담글 때 백탄은 필수품이다. 두루마기나 동정 주름을 펴고 다리는 다리미·인두 불은 참숯불이었다. 남은 재를 모아 두었다 제사 전날 제기의 녹을 닦았다. 이렇듯 마지막 재까지 기여한다.

유년시절 친구 집에 수맥이 흘러 식구들이 얼굴이 붓고 잔병치레가 많아 아버지께서 "방마다 참숯을 놓으라." 조언하셨다. 몇 달 후 고맙다는 인사를 받은 기억이 난다. 그만큼 참숯의 전자파 흡수·차단효과가 뛰어나다. 요즘 새집 증후군으로, 시멘트와 벽지 접착제가 내뿜는 독성으로 생기는 아토피 질환 예방에 당연 참숯 효과가 뛰어나다.

황토 참숯 가마가 음이온과 원적외선을 다량 방출하여 마음껏 쬐일 수 있으니 참숯 가마를 마다할 이유가 없다. 한데 자식들은 아무것도 모르면서 아버지를 고조선 시대 사람으로 치부하니 피차 한심히다.

오후가 되니 황토 참숯 가마 애호가들이 모인다. 참숯을 뺀 저, 중, 고온 가마에 골고루 들어가 손바닥을 천정으로 하고 명상을 한다. 벽, 천정에서 무한량의 원적외선을 받는다. 이마에 땀이 비 오듯 한다. 원적외선 효과로 땀은 끈적거리지 않는다. 쉬는 동안 책을 읽으면 머리에 쏙쏙 들어간다.

가장 온도가 높은 꽃탕은 거적을 뒤집어쓰고, 나막신을 신은 채 들어간다. 불침을 맞는다 해도 과언은 아니다. 온몸이 짜릿짜릿하다. 참을 만큼 참다가 밖에 나오면 온 몸에서 김이 무럭무럭 난다. "휴!" 앞산을 바라본다. 시원하고 날아갈 것 같다. 청산이 날 보고 청산별곡을 읊어보라 한다.

일행들이 참숯 화로에 구운 고구마와 꽃탕 원적외선으로 익힌 계란을 나누어 먹으며 참숯 예찬론을 편다. 참숯에 구운 삼겹살은 속부터 익어 식감 맛이 뛰어나다. 일부 배운 자와 가진 자들, 선량들이 겉만 번지레 익어 가는데, 민초들이 다니는 참숯가마를 다녀가 속부터 익어 가면 얼마나 좋을까.

원적외선은 피부 40mm 깊이까지 침투, 온열작용으로 모세·말초혈관을 확장하니 명현瞑眩 현상이 일어난다. 아픈 데가 더 심해지는 현상에 대하여, 참숯 가마 단골들이 초보자들에게 일시적으로 일어나는 호전반응이라 안심시킨다. 그들은 명현반응을 겪은 환자들이었다. 지금은 참숯 가마 전도사들이다.

참숯불을 꺼내고 남겨둔 잔불이 '눈 밝기 불'이다. 멍석에 앉아 타오르는 불기둥을 응시한다. 원적외선과 음이온이 쏟아져 나와 눈동자 동공에서 반사된다. 참숯 덩어리는 발광체로, 광채는 마치 수정水晶면에서 반사되는 황금색이다. 티 없이 맑다. 꼬리치며 타오르는 불꽃의 아름다움을 느낀다. 동행한 아내가 안경을 벗고 불빛을 쪼인다. 영롱한 눈동자를 위해서다.

참숯 불꽃은 혼탁한 것을 태워버린다. 온갖 잡념과 망상이 타버린다. 모세혈관에 쌓였던 노폐물이 배출되니 머리가 맑고 온몸이 개운하다. 열대야라도 숙면하니 몸이 한결 가볍다. 불같은 내 성격을 참숯 불로 다스리니 인생 치료 요법이다. 검진 결과 척추 무릎 관절, 당, 혈압은 정상이고 시력은 1.2이다. 30여 년 동안 참숯 가마를 찾으며 생긴 자연치유력이라 생각한다.

이열치열, 참숯 가마는 피서뿐만이 아니라 나의 심신을 치료해주는 주치의인 셈이다.

2016. 8

무의 변신

한로寒露가 오면 뒷산 구절초 꽃이 시들기 전에 채취한다. 말린 구절초 꽃은 동치미 담글 때 쓰인다. 상강霜降이면 산자락 배추 무 밭에 서리가 내리고, 바람에 떨어지는 황금색 솔가리가 배추와 무청 위를 덮는다. 배추가 무를 보고 당신이 추우니 나대신 덮으라 한다. 단풍 이불을 고대했는데 대신 솔가리 이불이다.

두메산골 배고픈 시절, 집집마다 무를 배추보다 많이 심는다. 허기 진 행인이 뽑아 먹도록 심은 무가 자라서 서리를 맞으며 윗동이 연녹색을 띤다. 아렸던 무가 단맛으로 변신하니 서리가 내릴 때면 무를 바라만 보아도 트림이 난다. 입동이 지나면 무밭 무가 얼기 전에 김장을 해야 하니 이것저것 준비한다. 양지바른 텃밭에 무, 배추 저장고와 김칫독 구덩이를 판다. 무말랭이를 말릴 소쿠리와 바구니의 먼지를 털고, 북향 처마 벽 거미줄을 걷어내었다.

무, 배추를 뽑는 날은 분주하다. 무, 배추를 지게에 담아 마당으로 옮겨 선별하여 아담한 배추는 볏짚에 싸고, 굵은 무는 무청에 쌓인 솔가리를 털지 않은 채 그대로 저장고에 묻은 다음 무청을 엮어 북향 처마 밑에 매단다.

김장하는 전날 밤 무말랭이용 무채를 썬다. 등잔불 아래 내가 졸며 썬 무채 크기는 모양새가 일정치 않았다. 채를 썰다 꼬꾸라져 잠에 골아 떨어졌다 새벽에 잠이 깨어 부엌 광창光窓을 내다보니 호롱불 아래 아버지가 새벽 소여물을 끓이고 어머니는 부뚜막 도마에 무채를 썰고 계셨다. 부엌으로 나가려 문을 열려 하니 문풍지가 바람에 부르르 떨고 어둠이 문고리를 붙잡고 열어주질 않았다. 옆방으로 살금살금 기어가 부엌으로 나가보니 무채가 가지런히 쌓였다.

지붕 위에 보를 깔고, 굵게 썬 채를 널어놓아 따뜻한 햇살에 쬐이기를 반복하면 쪼글쪼글하게 오그라든 무말랭이(우거리)가 된다. 무시루떡을 만드는 데 쓰이는 우수한 식재다. 햇볕에 말렸으니 비타민 D, 몸에 좋은 미네랄 등 무기질이 듬뿍 생성되니 가히 신비로운 변신이다. 무말랭이가 여러 가지 찬거리와 당뇨, 변비. 소화기병, 기관지병을 나스리는 차茶로 활용되니 이미니 손이 무를 변신시킨다.

김장하는 날, 절인 배추에 속을 넣기 위해 무채와 양념을 함께 버무려 켜켜로 넣는다. 무를 큼지막하게 세로로 썰어 배추 사이에 넣으면 배추와 어울려 맛의 변신을 한다. 김치 담그기가 끝나면 동치미, 단무지, 무장아찌, 섞박지, 무말랭이장아찌를 담근다. 동치미 담글 때 물부터 정성을 들인다. 어머니는 갓을 넣고 마른 구절초 꽃을 띄운다. 김장하기를 끝내면 이내 삭풍이 겨울을 몰고 온다. 기나긴 겨울밤, 부모 형제가 화로에 둘러앉아 밤참으로 먹던 향긋하고 감칠맛 나는 동치미 국수, 겨울만 되면 아른거리는 그리움, 그리움이다.

들기름에 묻힌 시래기나물과 얼큰한 시래기죽은 한겨울, 섬유질 결핍을 메워주는 건강식품이었다. 무전과 무왁저지*는 항암효과와 영양 만점인 지지미 요리다. 이렇듯 무는 생선요리며 국, 찌개에도 약방의 감초다. 등겨 물에 배어 노란색이 된 단무지는 여러 가지 요리재로, 무장아찌는 보릿고개까지 짭조름한 반찬으로 각광받고 무말랭이 장아찌는 일 년 내내 밑반찬이다. 깍두기에 명태 창난, 아가미, 온 양념과 버무려 익힌 섞박지는 천하일미 밥도둑으로 둔갑한다.

보리밥에는 무나물·무생채와 고추장, 무밥에는 양념간장이 찰떡궁합이다. 콩나물에 무 채국은 숙취를 다스려주는 해결사다. 국에 무가 들어가 제맛을 내게 해 국물 문화의 품위를 지켜주며 한국인 밥상을 푸짐하게 한다. 무 요리를 아무리 먹어도 체하질 않는다. 뚝딱뚝딱, 조물조물, 어머니 손길만 거치면 다양한 식감으로 변신을 거듭한다.

무는 저장소에서 한겨울을 보내며 봄에 무꽃을 피우기 위해 몸 안에 당분을 높인다. 정월 대보름을 지나면 시골에선 집안 가족 안녕과 풍년을 비는 안택安宅을 지낸다. 무시루떡과 무 채국을 마련하려 저장소의 무를 꺼낸다. 무 몸통은 아린 기가 전혀 없고 달착지근하다. 동네 아르신들이 무 음식을 드시며 속이 편하다 하셨다. 할아버지께

---

* 무왁저지 : 무를 사각으로 얇게 썰고, 미나리, 당근, 쇠고기, 건 표고, 생강을 넣어 요리한 지지미다.
  지방에 따라 식재와 요리하는 방법은 다소 차이가 있다.

서 밤에 밭은기침을 하실 때 어머니가 숟가락으로 긁어 짠 무즙을 드시면 이내 기침이 멎는다. 이렇듯 무는 양식과 반찬뿐만이 아니라 보약으로 변신한다.

금년 겨울 무말랭이를 즐겨 먹으려 다발 무를 샀다. 무를 자르니 물기가 많다. 백의민족 '무' 답게 속살이 희다. 썰며 집어먹다 보니 트림이 난다. 거실에서 햇볕에 말리고 손질하느라 3일간 외출을 못했다. 황금빛을 띈 무말랭이를 망網에다 넣어 베란다에 매달을 때 두메산골 소년처럼 가슴이 뿌듯했다. 무밥, 무나물, 무장아찌, 채국, '무말랭이 차' 등을 즐길 수 있게 되었으니 부자가 된 듯 싶었다. 무의 변신이 고맙고 대견스러웠다. 한데 베란다 무말랭이를 쳐다볼 때마다 "할아버지는 무엇으로 변신하실래요?" 환청이 들리는 듯했다.

오랜만에 외출을 했다가 아내 전화를 받고 마트에 들러 함께 장을 봤다. 시래기와 '어머니 상표' 들기름, 동치미를 담글 무를 샀다. 어머니의 손맛을 이어받은 며느리의 솜씨, 동치미를 먹게 되었으니 발걸음이 한결 가벼웠다.

집에 들어와 베란다 문을 여니 무말랭이가 "무를 또 사오셨어요?" 반긴다. 베란다 창을 내다보며 무를 들고 오는 나를 보았으니 집지킴이다. "할아버지는 변신할 생각은 않고 무만 자꾸 사오십니까?" 하는 듯하니 얼굴이 화끈거린다. 무는 저렇게 몸을 바치며 변신하는데 나는 요지부동이다. 아직도 망설이고만 있다.

2017. 12

계영배戒盈盃를 품에 안다

　대관령을 넘을 때는 언제나 기분이 들뜬다. 아득히 맞닿은 창공과 창해를 보면 더욱 그렇다. '환희 컵 박물관'에서 열리는 '강릉가는길' 출판 기념식에 가는 길, '자연의 섭리' 계영배를 보려 하니 가슴이 뛴다. 고향 가는 길은 늘 그리움을 안고 가니 마음이 설렌다. 지루하지 않다.

　컵 박물관에 도착하니 푸짐한 전통 다과가 차려져 있고, 문인들이 반겨주었다. 부녀회원의 청아한 합창을 서두로 기념식이 깔끔하게 끝나자 강릉사랑문인회 회원인 '장길환' 박물관장이 2층 전시장으로 안내했다. 정열을 쏟으며 수집한 각 국의 희귀한 컵들이 눈을 의심케 했다.

　환희 컵 박물관은 참소리 박물관과 더불어 강릉을 대표하는 사립 박물관이다. 관장의 배려로 여기서 출판기념식이 열린 것이다. 지구상의 70개국을 돌며 희귀한 컵과 잔 2,000여 점을 수집, 소장한 국내 최초의 유일한 컵 박물관이다.

전시장 컵 해설에 앞서 스마트폰 촬영 신기술인 '증강현실 기법'(Augment Reality : AR)을 관람자들에게 시현, 컵 속에 있는 나, 컵을 안고 있는 모습을 만들어 저장시키는 방법을 지도했다. 촬영 합성기술은 그야말로 놀라웠다. 해설을 들으며 뒤를 따라가다 "이 잔이 계영배입니다" 한다. 눈이 번쩍 띄었다. 아, 계영배! 청아한 모습으로 좌정한 저 잔이 계영배란 말인가?

술이 잔에 가득 차지 않도록 하여 과음을 경계한 잔의 유래를 설명을 듣고 3층 체험실에서 관찰, 시현을 했다. 잔盞과 잔대盞臺를 살펴보니, 잔 바깥 밑바닥에 구멍이 있고, 잔 한가운데의 둥근 기둥 아래 구멍이 있다. 기둥 속 굽은 연통관連通管이 기둥 아래 구멍에서 잔 바깥 밑구멍으로 연결되어, 액체가 잔대에 이르게 되어있다. 신비한 기둥이다. 잔속에 채워지는 액체가 흘러 나가지 않다가 7할 넘게 차면, 어찌하여 액체 수면보다 높은 기둥을 통해서 액체가 한 방울도 남김없이 저절로 흘러내리는 것일까?

잔에 액체를 계속 부이 연통관이 액체 속에 잠기면 액체 수압이 관내 대기압보다 크기 때문에, 액체는 관의 고개를 넘어 잔 밑으로 흘러내린다. 더 이상 액체를 채우지 않아도 관내는 진공상태가 되어, 두 구멍 높이 차이로 흘러내린다. 기둥 밑구멍이 드러나고 관에 찬 액체는 남김없이 비워진다. '사이펀(Siphon)' 현상*, 과학의 원리다. 그런

---

*사이펀(Siphon) 현상 : 연통관連通管이 액체에 잠기면 액면에 작용하는 대기압으로, 수압보다 기압이 낮은 관 안으로 액체가 밀어 올라가는 현상.

그릇에 술을 가득 부어 마시고 싶었다면 낭패를 당한다. 한 방울도 못 마신다.

공기와 접촉해서는 안 되거나, 손으로 만질 수 없는 독극물, 액체, 폐수를 옮기는데 사이펀 현상을 활용한다. 과학기술의 진화로 수세식 변기도 이 원리를 응용해 화장실을 쾌적한 휴게실(Rest Room) 공간으로 탈바꿈 시켰다.

계영배는 천제 의식을 치르기 위해 하늘에 고하고 비밀스럽게 만들었다는데, 과학의 원리로 만든 의기儀器다. 고개 숙이는 자연섭리를 깨닫게 하는 잔이다. 공자孔子가 제齊 나라에 머물렀을 때, 환공이 생전에 늘 곁에 두고 과욕을 경계한 것을 본받아, 공자도 항상 곁에 두고, 스스로 지나침을 경계하며 마음을 다스려 만고萬古의 성현聖賢이 되었다.

조선 후기 거상 임상옥은 '계영기원戒盈祈願 여이동사與爾同死 : 가득 채우기를 경계하여, 너와 함께 죽기를 원한다.'란 문구가 새겨진 계영배를 보며, 탐욕스럽게 재산을 모은 것이 아니라 인간의 과욕을 늘 경계하면서, 상도商道를 펼쳐 거상이 된 일화는 널리 알려져 있다. 이러니 계영배는 과학의 원리와 '굽힘의 철학'을 담아, 비단 술뿐만 아니라 예나 지금이나 재물, 명예에 대한 인간의 탐욕을 경계하는 신기神器다.

적당히 마시겠다고 맹세를 했건만 술자리가 무르익을수록 그 다짐은 쉽게 잊는다. 급기야는 술이 나를 먹는다. '주선酒仙 이백李白'을 운운하며 호연지기浩然之氣로 술을 마시다 절제의 선을 넘어 구설수의 주인공이 된 적이 한두 번 아니었으니, 돌이켜보면 얼굴이 화끈거린다.

환공, 공자, 임상옥 모두 인간인 이상, 끝없는 과욕을 떨쳐버리려 계영배를 곁에 두고 자신을 다스렸다. 하물며 옛날 어린이들이 여덟 살 때 배운 소학小學 명륜 편明倫 篇*, '법도를 삼가면 가득해도 넘치지 않는다.'는 구절이 떠오른다. 요즈음 재벌가들이나 위정자들이 꼭 읽어야 할 필독서다.

계영배를 그저 바라볼 수만 없어, 스마트폰 신기술 기법으로 계영배와 내 사진을 합성, 고희를 넘은 나이지만 계영배를 가슴에 품었다. 스마트폰에 내장된 계영배를 수시로 보며, 지나침을 다스릴 수 있겠다 싶으니 이런 욕심은 부려도 괜찮을 성싶었다.

출판기념회를 마치고 돌아오는 길. 벌판 벼 이삭들이 무르익어 고개를 숙이고 인사를 하니, 새삼 자연 섭리를 느낀다.

2018. 1

---

* 소학 명륜 편 '在上不驕재상불교 하면 高而不危고이불위 하고 制節謹度제절근도 하면 滿而不溢만이불일이라.' 문구는 윗자리에 있으면서 교만하지 않으면 위태롭지 않고, 예절에 맞게 법도를 섬가면 가득해도 넘치지 않는다는 뜻이다.

계영배戒盈盃를 품에 안다　**229**

옛 우산국于山國에

우산국은 독도와 울릉도를 포함한 해상 왕국, 옛 지명이다. 서기 512년(신라 지증왕 13년) 하슬라주(강릉) 군주인 이찬 '이사부'가 우산국을 정벌하러 갔던 뱃길로 나도 한 번 꼭 가봐야지 벼르던 참에 울릉도행 여객선에 동승했다. 망망대해에 우뚝 선 독도가 눈에 아른거린다.

너울성 파도에 선체가 붕 떴다 가라앉으니 승객들 비명 소리가 요동친다. 파도가 심하니 멀미약을 먹으라고 안내 방송을 한다. 한 시간 지나자 승객들이 뱃멀미로 체면 불구하고 통로에 드러누웠다. 이런 승객들로 어찌 천험天險의 우산국을 정벌할 수 있겠나 싶다. 세 시간이 넘어 울릉도가 보이자, 오합지졸烏合之卒인 줄로 여겼던 멀미한 승객들이 벌떡 일어났다.

신비의 섬, 아직까지 때가 묻지 않고 순수한 자연을 품에 안은 울릉도에 첫 발을 디디니 별천지에 온 기분이다. 숙소를 정하고 중식

후 곧바로 울릉도 탐방에 나섰다. 가파른 경사를 구불구불 돌다 바다와 만나고, 능선이 어우러진 해안 일주도로를 따라 울릉도의 체취와 아름다움을 가슴에 담기 시작했다.

울릉도 대명사 호박엿 공장에 들렀다. 어릴 때 엿장수 뒤를 따르면 가위소리는 더욱 요란스러웠다. 쩔그렁 쩔그렁, 가위소리 장단에 맞춰 흥겨워하며 엿 내기 하던 형들이 마냥 부러웠다. 젖이 모자라 젖을 떼려 바른 소태를 빨다 소스라친 불초에게 아버님이 호박엿을 물려 잠들게 한 그 호박엿을 본고장에서 맛보니 꿈만 같다.

호박엿의 유래는 원래 후박나무 껍질을 고아 만든 후박엿이었는데, 육지 사람들이 갖고 들어온 호박이 울릉도 토양에서 잘 자라고 수확량이 많아, 손 쉽게 만들 수 있는 호박엿으로 진화하여, 울릉도 아리랑을 부르며 울릉도 맛을 팔게 되었다. 호박엿은 끈적거리지 않고 잇몸에 달라붙지 않아 노소 불문하고 사랑을 받는다.

나리분지에서 전통가옥 '투막집'에서 울릉도 속살을 본 후 식후경食後景으로 '씨앗동동주'에다 고기 맛 같은 삼나물 무침은 여독을 풀어주는 별미였다. 섬의 신비를 풀어주는 전망대에 올라가는 길에 마가목과 고로쇠나무가 군락을 이루었다. 고로쇠로 목을 축이니 천연의 향이 목 안을 맴돌았다. 단단하고 가벼워 고개를 오르내리는 산사람들의 지팡이 되는 마가목은 산기슭에서 탐스런 흰 꽃을 피워 향기를 토해낸다. 마가목은 내마모성이어서 세공품을 만드는데 쓰이고, 뿌리·껍질과 열매는 약용藥用하니 버릴게 없는 농가 소득원이다.

태하 전망대에서 본 가파른 절벽에 서식하는 대풍감待風坎 향나무

(천연기념물 제49호)는 해풍을 이겨내며 향을 품고 있다. 울릉도鬱陵島는 문자 그대로 울창한 능선으로 이루어진 5각형의 섬, 어느 산봉우리라도 전망이 좋다.

봉래 폭포와 풍혈風穴을 찾아가는 계곡은 완만하고 쾌적했다. 폭포 물바람이 이마에 쏟아진다. 계곡 편백나무와 삼나무가 군락을 이루어 골바람에 실려 온 피톤치드가 폐부에 스며든다. 산에 물과 나무가 있어야 함을 실감한다. 풍혈風穴에서 심신을 치유하니 자리를 뜨기가 아쉽다. 하산하여 맛본 산채비빔밥과 명이나물 장아찌가 목 안에서 서로 감칠맛을 돋운다.

울릉도 어장을 개발한 분들은 여수의 초도와 거문도 어부들이셨고 독도의 어원은 돌섬이라는 점이다. 울릉도 향토음식은 남도의 맛으로 빚어졌고 밥상은 신토불이이다. "나도 해산물이요." 풍랑에도 끄떡없이 바위에 찰싹 들어붙은 따개비가 어부들과 함께 온 게 아닌가 싶다.

유기질 함량이 높은 토양에서 자란 부지깽이 · 명이나물, 고비와 더덕, 울릉도와 독도 근해의 풍부한 해산물, 약소, 뛰어난 물맛이 어울린 향토음식으로 특화, 차별화하여 물가가 비싸다는 오명을 벗어나고, 해안도로가 없는 구간은 기암괴석에 포말이 부딪치는 비경秘境을 만끽할 수 있도록 '교량 둘레길'을 만들고, '사동항 비행장' 건설이 함께 이루어진다면 사시사철 명승 관광지로 거듭날 거라 믿는다. 펄럭이는 지자체 선거 현수막이 무색하지 않길 바란다.

드디어 학수고대하던 독도 행 여객선에 승선하여 200백리 항해 길로 접어들었다. 파도가 잔잔하고 날씨는 청명했다. 독도가 보이자 독도다! 승객들은 들뜬 가슴으로 환호한다. 한반도 가장 동쪽에서 동해 보루를 지키며 일출을 대한민국에 전해주는 독도다. 서도와 동도가 서로 마주 보고 의지하며 나를 기다렸는데 옷깃을 아니 여밀 수 없다. '동해물과 백두신이 마르고 닳도록…' 애국가를 부르며 파도를 삼키는 대한민국 독도! 가슴이 뭉클하다.

태종과 세종임금님이 왜구 침탈을 대비하여 공도空島 정책으로 섬을 비워 놓았는데, 일본이 어획 노략질을 한 것도 모자라 자기네 땅이라 억지를 부리고 있다. 한 점 부끄러움을 모르는 침탈 근성을 버리지 못하고 있다. 풍부한 어장과 해저 자원이 탐나기도 할만하다.

독도 주민으로 '김성도' 부부가 해녀들과 함께 물질하며 독도를 지키고 있다. 등대에서 동해의 밤하늘을 철통같이 지키는 해풍에 탄 독도경비대의 얼굴이 믿음직했다. 서도와 동도를 한 바퀴 돌면서 우뚝 솟아오른 기상을 품에 안으니, 백두산에 올라 느꼈던 배달겨레의 혼과 한라산 백록담 정기가 정수리에 맴돈다. 단전이 후끈해진다. 꿈에도 그렸던 독도의 비문碑文 '독도獨島 DOKDO KOREA'를 내 가슴에도 새겼다.

독도의 등대가 있는 한 울릉도가 건재하다. 울릉도는 예부터 한 우산국인 독도의 전진 기지다란 역사적 고증을 '독도 박물관'에서 한눈에 볼 수 있었다. 워싱턴에서 치열했던 한일 '독도 홍보전' 완승은 사필귀정事必歸正이다. 역사는 알고 있는데, 일본은 침탈 근성을 버리지 못하고 왜곡 날조하며 손바닥으로 하늘을 가린다.

박물관 정원 비석에 새겨진 태종 임금의 칙령, '對馬島本是我國之

地. 대마도는 본시 우리나라 땅이다.'를 눈시울을 붉히며 읽다 동해를
바라보니, 천둥·벼락을 동반한 먹구름이 일본 쪽으로 몰려가 뇌성벽
력雷聲霹靂을 친다. '감히 독도를 탐내다니! 대마도를 내놔라! 번쩍↓
우르릉, 꽝 꽝 꽝!!'

2018. 5

참나무, 참 고마운 참나무

　며칠 후 장에 내다 팔 참나무를 지고 집 앞 가까이 왔을 때 지겟작대기 짚는 소리를 들으시고 어머니가 나오셨다. 지게 위에 앉아 동행하던 나비가 "내일 또 만나요?" 하며 춤을 추며 날아간다.

　"애야 어서 내려놔라"하며 어머니가 냉수 한 사발을 주셨다. 지게를 괴고 이마를 닦으며 목을 축이니 속이 시원하다. 이글거리는 태양 아래 익어가는 밀·보리 이삭이 산들바람에 일렁인다. 밀 서리할 때다. 참숯에 구운 말랑말랑한 알생이의 쫀득쫀득한 맛, 고소한 냄새가 코끝에 풍기니 군침을 삼킨다. 내 지게는 아버지가 내 키에 딱 알맞게 만들어주신 참나무 지게였다. 아버지가 뒷산 참나무들이 울창하게 자라도록 솟구어, 한데 모아 말리신 참나무를 나는 지게에 지고 날랐다. 바짝 마른 참나무는 탈 때 연기가 없고, 불씨·화롯불·다리미 불용으로 일등품이니 어머니는 후한 값을 받아 형들의 월사금을 마련하며 집안을 꾸리셨다. 아무리 생각해도 참 고마운 참나무다.

아내와 함께 참나무가 많은 심학산을 찾는다. 약천사 주차장에서 둘레길로 들어선다. 황톳길에 참나무 낙엽이 수북이 쌓여 걷는데 폭신폭신하다. 다람쥐가 마중 나와 참나무 쪽으로 안내하니 눈길이 따라간다. 사월이라 참나무 애순들이 연두색을 띠며 피어나 야들야들거린다. 참 신비롭다.

애순들은 강열한 햇볕을 받아 연녹색 잎이 되고, 그 잎 바로 아래 꽃 암술을 정점으로 수술들이 주렁주렁 매달린다. 바람이 살랑살랑 불고 연녹색 잎이 햇볕을 가리면 꽃가루 수정하는 풍매화風媒花, 신비로운 참나무 숲길에서 나는 고향을 걷는다. 경사진 길에 참나무가 있어 왼손은 나뭇가지를 잡고 오른손은 아내 손을 잡아주니 참나무는 길잡이다.

참나무는 더불어 살며, 참사랑을 베푸는 고마운 나무다. 고고孤高한 여느 나무와 달리 참나무 숲에는 온갖 식물이 자라고, 가지엔 겨우살이가 기생한다. 나무질이 좋아 가구를 만들면 뒤틀림이 없고 오래간다. 잎은 염료로 쓰이며, 최고의 퇴비가 된다. 껍질은 타닌(Tannin) 성분이 많아 바다의 어망을 물들이면 질겨져 어부 시름을 덜어준다.

도토리 또한 타닌 성분을 다량 함유하여 유해성 중금속의 침전, 해독작용과 니코틴의 체외 배출에 효과가 있다. 요즈음 묵사발은 다이어트식으로 각광을 받는다. 도토리는 살균, 지혈, 소염, 설사, 이질 치료, 장과 위의 점막 보호용 한방재로 망에 넣어 헛간 벽에 걸어 보관했다. 할아버지께서 담배를 피우셨으니 어머니가 겨울에 자주 도토리묵을 쑤어 드렸다. 그때 어머니와 마주 앉아 도토리를 타갠 맷돌 손잡이는 졸참나무였다.

참나무는 고달픈 민초 마음을 어루만져준다. 보릿고개 시절, 가물어 흉년이 예상되면 참나무는 바람의 도움을 받아 가지마다 탐스런 도토리를 많이 맺어 끼니를 때울 구황식救荒食을 제공한다. 도토리가 많이 열리면 농사가 안 된다는 말은 정말 잘못된 말이다. 어린 시절, 도토리 떫은맛을 우려내고 강낭콩과 함께 당원糖原을 가미하여 찐 떡. 다디달았던 맛에 군침이 돈다.

참나무는 상수리나무, 굴참나무, 떡갈나무, 신갈나무, 갈참나무, 졸참나무 등 여섯 종류로 각각 용도와 특징이 있다. 특히 상수리나무와 졸참나무만은 꽃이 핀 해의 열매가 다음해에 성숙된다.

상수리나무는 선조 임금이 의주로 몽진蒙塵 갔을 때 마을 사람들이 묵을 만들어 드렸는데, 환도 후에도 수라상에 올리게 되어 상수리나무로 불리게 되었다 한다. 상수리나무 도토리는 임금이 올 줄 예견하고 혹한을 난 다음해에 성숙되어 떨어졌으니 임금도 굶어 살폈던 것인가.

참나무 헌신은 살아서 뿐만이 아니다. 참나무 장작으로 구들방을 따뜻하게 해 주는 땔감이 되고, 자신을 태워 만든 신비의 다공질 백탄으로 인류와 자연환경에 위대한 참사랑을 베푼다. 지대한 공헌을 한다. 장醬을 정화시켜주며, 아기가 태어날 때 금줄 숯이 된다. 천연 살충제 목초액으로 농부를 돕는다. 미지막 재까지도.

양조장 참나무 술통 옆엔 탁주 안주로, 참숯으로 구은 천일염이 있었다. 자연산 표고가 귀하나 요즈음은 참나무에 배양시킨 양식 표고

버섯을 쉽게 구해 햇볕에 말려 차나 요리로 '비타민 D'를 보충한다. 참나무와 사람의 지혜가 만나 삶이 풍요로워지고 있다.

둘레길을 벗어나다 보면 여기저기 도토리가 떨어져 있는데도 다람 쥐는 욕심을 부리지 않는다. 오히려 줍고 싶은 충동에 사로잡혀 탐욕 에 눈이 먼 내가 부끄럽기 짝이 없다.

참나무는 화려하지 않고 수수하며 몸치장을 안 하는 어머니 모습 이다. 참나무 껍질은 농사 짓는 부모님 손길 같아 만지니, 고향 뒷산 참나무 바람이 분다. 해가 뉘엿뉘엿 그림자가 길게 드리우는데도 아 내는 더 있다 가자고 한다. 참사랑을 안고 돌아오는 길에, 다람쥐가 참나무 앞에서 배웅한다.

참나무! 그리움과 참사랑을 안겨주는 참나무, 참 고마운 참眞나 무다.

2016. 7

교칠지교膠漆之交 우정의 불길이

　　3년 전 고향을 방문했을 때, 지구촌을 후끈 달굴 동계올림픽 경기장 공사가 한창이었다. 평창에선 썰매 경기장인 슬라이딩센터가, 강릉에선 빙상경기장인 '아이스아레나' 건설에 열정을 하나로 묶고 있었다. 재수도 아닌 3수 끝에 따낸 평창 동계올림픽 준비 현황을 대하니 가슴이 뛰었다.

　　그 무렵 봅슬레이 경기에 처녀 출전한 우리 선수들이 선전함이 대견스러웠다. 봅슬레이 세계 선수권 경기에서 본선진출이 버거울 거라 했던 예상을 뒤엎고 썰매강국의 높은 벽을 넘어 2인조 우승을 차지한 낭보를 접하자 나도 모르게 박수를 치면서 유년시절의 겨울로 돌아가고 있었다.

　　우리 마을 '달래골'에 쌓인 눈이 녹으면 겨울을 이겨낸 달래가 지천이다. 이곳을 지나 학교를 다녔다. 봄방학 하는 날, 폭설이 내려 설피雪皮를 신고 등교하는데 반나절이 걸렸다. 하학 길에서 어깨동무 넷이 내일 달래골에서 썰매타기로 하여, 비탈 밭 위에서 천수답 논둑까지를 썰매코스로 정하고 밤에 눈이 얼도록 꼭꼭 밟았다.

　다음날 모두 도시락과 눈가래, 낫 등 도구를 갖고 모였다. 어른들은 5일장에 가서서 아무런 제지나 간섭 없이, 헛간에 액비통으로 쓰려 보관했던 빈 분유통을 달래골까지 굴려갔다. 6.25동란이 갓 지난 터라 구호물자로 밀가루, 설탕, 분유가 배급되었다. 그 분유통이 눈썰매감으로 제격이었다. 어제 밟아 얼린 눈얼음에 분유통을 굴려가다 몇 번이나 뒹굴었다. 썰매 코스에 다시 눈을 덮고 썰매코스 중간지점에 턱을 만들었다. 종착지 논둑엔 제동시설로 눈을 높이 쌓았다.

　우리는 분유통을 해체하고 곧장 앙상한 활엽수를 낫으로 잘라와 모닥불을 피웠는데 하필 옻나무여서 까까머리들은 설원雪原에서 교칠지교膠漆之交* 로 맺어졌다. 해체한 분유통 조각을 불에 달구어 앞쪽을 구부리고 뒤쪽을 펴서 네 조각을 나란히 붙였다. 모닥불 재로 썰매 바닥을 문지르고 나뭇가지 진액을 발라 모닥불에 말리니 반들반들한 썰매가 되었다. 이국에서 바다를 건너온 구호물자 분유통은 액비통 대신 기발하게도 썰매로 둔갑했다.

　2인조로 편성하여 중간 턱에서 연습했다. 처음엔 호흡이 안 맞고 서툴러 출발하자마자 곧장 옆으로 꼬라박았지만, 점차 출발순간 올라 타고 중심잡기, 정지 요령 등을 반복 연습했더니 어느 정도 자신이 생겨 "실전은 연습처럼, 출발!"이라는 신호로 썰매는 시발점을 떠났다.

---

*교칠지교膠漆之交 : 끈끈한 우정으로 맺어진 친구. 膠: 아교 교. 漆: 옻 칠.

가속이 붙어 중간 턱을 지날 때는 활강이라도 한 듯 썰매는 높게 멀리 비상飛翔했다가 비호같이 활주로를 내려달렸다. 종착지에 멋지게 멈추려 했지만 제동시설을 넘어 또 한 번 비상하여 논에 안착했다. 2인조의 실력은 호각지세였다. 태극마크만 안 달았을 뿐 봅슬레이 원조로 고작 함지박 썰매를 타는 동네 꼬마들에게는 선망의 대상이었다.

점심때 모닥불에 데운 도시락 뚜껑을 여니 보리밥 위에 굳어있던 분유가 누글누글 부드러워졌다. 꿀맛 같은 별미로 허기를 채우고 썰매타기는 계속되었다. 손발이 시리면 옻나무 모닥불에 녹였다. 석양이 뉘엇뉘엿 지기에 내일 다시 타기로 기약하고 집에 돌아오는데 마치 화상을 입은 듯 화끈거리고 가려워 눈[雪]으로 문질러도 소용이 없었다. 옻이 옮은 걸 몰랐다.

장에서 돌아오신 아버지께서 눈썹이 그슬리고 얼굴이 퉁퉁 부은 나를 보시자, 자초지종을 묻고 달래골에 다녀오셨다. 옻 모닥불에다 진액을 만졌으니 중환자로 방 출입 금지령을 내리셨다. 여물 끓이는 곳에 격리된 나는 어지랑물(외양간 쇠오줌)을 바르는 신세가 되었다. 고약한 냄새가 진동했다. 멍석으로 몸을 감싸고 부엌 앞에 앉은 몰골은 꼴불견이었다.

어머님께선 밤새 여물 가마에 불을 지피고 장독대에 정안수를 차리고 아들이 무탈하길 빌며 밤을 새우셨다. 나는 멍석마리 속에서 신음하면서도 슬로프를 내려달려 1등으로 선착하는 꿈을 꾸었다. 잠을 깨어 대문을 바라보니 금줄이 쳐졌다.

중탕한 청주로 온 몸을 닦아내고 다시 어지랑물을 발랐다. 이틀 지나자 부기가 가라앉고 가려움은 참을 만했다. 삼일 지나자 금줄이 걷혀 교칠지교들을 만날 수 있었다. 돌이켜보면 아버지의 즉각적인 민간요법 처방과 어머님 지극정성으로 기적같이 낳았다. 기억조차 하기 싫은 치료로 옻 내성은 생겼지만 옻닭 식당을 지날 때는 저절로 외면하게 되었다.

반백년 만에 교칠지교들이 평창동계올림픽 슬라이딩센터 경기장을 찾아 우리 후예들을 응원했다. 우리가 탔던 썰매는 신소재로 진화되고, 헬멧과 썰매에 새겨진 태극마크가 관중의 시선을 사로잡았다. 화면에 나타난 코스는 달래골이 아닌 대관령 굽이굽이다.

스켈레톤 '윤성빈' 선수는 출발점에서 용수철 스타트로 튀어나갔다. 최첨단 장비로 4차원 모니터링한 '태극질주' 장면에 조마조마했지만 1위로 도착하자 경기장은 환호성의 도가니다. 믿기지 않았다. 아시아인으로는 처음으로 스켈레톤 황제로 등극하는 순간이었다.

봅슬레이 4인승 경기에 교칠지교들이 다시 모였다. 출발선에 선 우리 선수의 딴딴한 어깨와 눈동자는 예사롭지 않았다. 아교같이 달라붙은 일심동체는 스프링 스프린터였다. 비호飛虎같이 달래골에서 내려달렸던 교칠지교 모습 그대로 본대를 보여주며 또다시 은메달을 목에 걸었다.

자랑스러운 후예들이 썰매 불모지에서 주눅 들지 않고 당당히 시상대에 올라 태극기를 향해 애국가를 부르는 쾌거, 가슴 벅찬 이 순간을 얼마나 기다렸는가! 목이 메고 환희의 눈물은 멈출 줄 몰랐다. 교칠지교들은 살아온 보람을 느끼며 얼싸 안고 하염없이 성화를 바라보았다. 우리가 피웠던 옻나무 모닥불, 교칠지교 우정의 불길이 성화대에서 훨훨 타오르고 있지 않은가!

2018. 2

글쓰기를 통한 행복 찾기 또는 행복 만들기

홍 성 암

(문학박사, 전 동덕여대교수)

조철형님의 수필집을 읽으면 우선 즐겁다. 부담이 되지 않기 때문
이다. 그 자신 매우 즐거운 마음으로 글을 쓰는 것 같다. 그는 서문인
「글감에 감사드리며」란 글에서 넘쳐나는 글감에 대해서 말한다.

"나무숲과 풀뿌리, 냇가 물고기와 조약돌, 사시사철의 산천이 모두
넘치는 내 글감들이었다. 눈길 한 번 안 주었던 그들이 반긴다. '지난
번에 미안했어. 긴 세월 널 기다리다 지쳤어, 왜 진작 오지 않았어.'라
며 눈시울을 붉힌다. 아 역시 추억의 글감들이다."

저자가 글을 쓰려고 마음먹는 순간, 그동안 잊혀 있던 추억의 글감
들이 나에 대해서 써 달라고 우르르 몰려든다. 그래서 그는 그들을 줍
기만 하면 된다. 그런 점에서 그의 글쓰기는 행복을 줍는 일이다. 다른
표현으로 말하면 그는 글쓰기를 통해서 행복을 찾고 행복을 만든다.

행복한 글쓰기의 원천은 어디에 있을까? 그의 글을 읽어 보면 쉽게
알 수 있다. 그는 글을 쓰기 위해 우선 고향으로 달려간다. 그리고 그

곳에서 유년기적 추억을 만난다. 그곳에 행복이 널려 있기 때문이다. 그는 그곳에서 행복을 줍기만 하는 것은 아니다. 유년기적 추억에서 새로운 의미를 발견한다. 재창조한다. 창조의 기쁨 그것이 또한 그를 행복하게 한다. 이런 창조의 기쁨은 행복을 만드는 일이다. 그는 행복을 만들 수 있는 재주를 지니고 있다.

조철형 님의 긍정적 또는 낙천적 세계관은 그가 과학도로서 또는 공학도로서 무에서 유를 만들어내는 작업을 즐긴다는 점이다. 안 되는 일이 없다. 마이 다스의 손을 거치면 모든 사물들이 황금으로 변하듯 그의 손을 거치면 모든 것이 행복으로 변한다. 그렇게 창조적인 생활의 틀 속에서 살아왔고 그런 것에 익숙하기 때문이다.

그런 긍정적이고 낙천적인 세계관 속에는 유년기적부터의 가정적 원만함, 단란함이 자리하고 있는 것 같다. 성실하게 삶을 영위해 온 부모와 여러 형제들, 그리고 이웃친구들과의 원만한 생활이 그런 세계관의 원천이 되었던 것이다.

그의 글쓰기는 이런 삶의 바탕에서 만들어진 것이고 그런 즐거움 속에서 탄생된 작품들이어서 읽는 독자들에게도 친밀감과 즐거움을 주게 된다. 이런 점들을 감안하여 그가 글감에 접근하는 태도를 대체로 세 가지 방향에서 살펴보고자 한다.

▌ 고향, 유년기적 체험

조철형 님의 유년기적 체험은 시골 출신들 누구나가 경험하는 것들이다. 그러나 대부분 무심히 넘기는 것들을 세심한 관찰력과 기억력으로 새롭게 재생시켜서 독자의 기억에 강한 인상으로 각인시킨다. 그 자신이 과거 속에서 새롭게 태어나는 것이다. 이런 고향 체험은 부모 형제와의 기억, 친구들과의 체험, 이웃들과의 관계 등으로 모든 생활의 범주에 포괄된다. 특히 자신을 낳아주고 키워준 부모에 대한 고마움은 보다 절실하다.

그가 어머니를 회상하는 「어머니는 요새였다」를 보면 "어머니는 9남매를 낳으시고 보릿고개에 머릿짐을 이고 장에 다니시며 남매들을 가르치시느라 육신이 고단하셨지만 인고의 무게를 감내하셨다."는 말로 시작하여 그 어머니가 6·25 전란 때 군인들이 함부로 징발해 간 소를 찾아오고 이웃집 소까지 찾아주는 용감한 행동을 서술하고 있다. 연약한 여자가 아니라 강한 모성을 통하여 가족을 지켜나가는 어머니상을 보여주고자 했다. 그런 어머니의 자식이었기 때문에 저자는 전쟁의 어려운 시기에도 행복하게 살아갈 수 있었던 것이다.

아버지에 대한 기억은 매우 다양하다. 아버지와 「고드랫돌」을 사용하여 왕골자리를 매던 일, 「천수답」을 마련하여 농사를 짓던 일, 「골이수」를 채취하던 일 등은 아버지와의 공동작업 과정에서 회상되는 기억들이다.

아버지는 늘 선생이 되어 자식을 가르쳐 주셨다. 또한 자식과 동행해서 친구처럼 다정하게 함께 의논하고 실천하는 관계였다. 그가 「고드랫돌」에서 아버지와 함께 왕골자리를 짜는 장면은 너무나 정겹다. "아버지와 호흡을 맞추며 고드랫돌을 넘기는 동안 부자의 정은 더욱 깊어갔다. 정녕 고드랫돌 소리는 아버지의 숨결이었다." 그렇게 만든 왕골자리여서 잊을 수 없는 추억이 되고 있다.

"아버지와 맨 왕골자리를 큰집 형수께서 선반에 잘 보관하여 부모님 기일에는 향로상 앞에 깔아놓는다. 그 왕골자리에서 향 피우고 절할 때에는 아버지의 미소 짓는 얼굴이 떠오르고, 고드랫돌 소리가 아련히 들려오는 듯하다. 고드랫돌은 아버지의 상징이고 잊지 못할 소중한 추억이다."

이와 비슷한 추억은 「탯돌」에서도 발견된다. '탯돌'이란 추수 때 곡식을 탈곡하는 큰 받침돌을 말한다. 저자는 중 2학년 여름 방학기간에 아버님으로부터 휘파람 지도를 받게 된다. 그는 휘파람을 배우기 이전에 탯돌에서 가부좌를 하고 단전호흡부터 지도받았다. 복식호흡을 훈련하는 것이다. "일주일 단전호흡을 하니 배꼽에서 뜨거운 불덩이가 솟았다. 탯돌이 하늘의 기를 끌어내리고 , 땅의 기를 끌어올려 단전에서 천지인天地人 기를 생성시켜 준 것이다." 그렇게 기초훈련 과정을 거쳐서 마침내 제대로 휘파람을 불 수 있도록 지도받았던 것이다. 그런 고마움을 잊을 수 없다.

"아버님은 탯돌에서 외강내유를 어머님은 외유내강을 베푸셨다. 하여 나에게 기氣와 폐활량, 휘파람 인연을 안겨준 탯돌을 부모님 산소에 안치했다. 산소를 찾을 때마다 탯돌에 앉아 휘파람으로 가곡 '그리움'을 불면 부모님 발자국소리가 들리는 듯하다.

이웃들과의 다정했던 기억들도 잊을 수 없다. 유년기적 친구들과 어울리던 「야외수업」 화기애애한 분위기의 마을잔치인 「질 먹는 날」 시골의 복덕방 구실을 하던 「원두막」에 이르기까지 모두가 행복 그

자체였다.

"사천으로 시집갔던 '옥출' 누나가 옥동자를 업고 사천 한과를 차려왔다고 소개하자 마을사람들이 환호했다. 누나는 3년 전에 그네타기에서 최우수상을 받았고, 나를 귀여워했으니 누나가 그간 보고 싶었다."

"원두막은 망루 이전에 삼복더위를 피하는 쉼터와 만남의 장소며 학당이고 마을회관으로서 정을 나누는 곳이었다."

저자는 이런 시골생활이 늘 천국처럼 그립다. 그래서 도시의 벽돌 울타리에 갇혀 사는 현실이 너무나 답답하다. 저자는 「울타리가 그립다.」라는 글에서 그런 자신의 심정을 잘 드러내고 있다.

"담을 쌓고 살아왔듯이 나 자신도 모르게 울타리도 아닌 마음의 벽을 쌓으며 살아왔다. 하여 이웃과의 소통은 물론 가족과도 담을 넘어 벽이 쳐졌다. 벽, 아 아! 답답하게 가로막힌 벽, 울타리가 그립다. 과일나무 몇 그루로 듬성듬성 경계를 두었던 울타리가 그립다. 외갓집에 갔다가 가져온 과자 몇 개를 삐죽이 내밀던 그 울타리, 오달이의 손이 그립다. 그 정이 그립다."

울타리의 경계가 없던 시골생활, 언제나 수시로 들락거리던 친구 오달이. 그런 유년기적 행복했던 기억들. 저자는 그런 것들을 글로 쓰는 것이 행복하다. 추억의 종류가 어떤 것이든 회상해 내는 것만으로도 행복한 것이다.

그의 행복론은 그런 점에서 매우 단선적이다. 고향에서처럼, 유년기처럼, 정을 터놓고 지내던 어린 시절. 그 때가 행복했다. 고향을 떠나서 성장한다는 것은 어떤 의미에서 낙원을 잃어버리는 것이다. 따라서 낙원을 찾는 길은 유년기적 고향으로 돌아가는 일이다. 이런 마음 때문에 그는 글쓰기에서 항상 고향의 유년기적 체험으로 돌아간다.

▌의미의 재발견, 창조의 기쁨

조철형 님은 고향으로 달려가 유년기적 체험을 통해서 행복을 즐기만 하는 것은 아니다. 새로운 관찰과 의미의 재발견으로 새로운 창조의 기쁨을 느낀다. 그런 의미에서 행복을 만들기도 한다. 행복인 줄 몰랐던 것에서 새로운 깨달음으로 인한 기쁨이 용솟음치고 그것이 행복으로 치환되는 것이다.

산림문학상 제4회 수상작이기도 한 「고욤나무의 꿈」(산림문학 통권 제27호, 2017)이란 작품의 심사평을 보면,

> "수상작 「고욤나무의 꿈」(27호)은 고욤나무와 감나무의 접목과 그 과정에서 깨닫는 삶의 지혜를 보여준다. 친구가 경영하는 '석경원'을 찾은 필자는 감나무에 실한 감이 주렁주렁 열린 것을 보고, 감나무와 고욤나무에 대해 할아버지가 해주신 말씀을 떠올린다. 이 글에서 작가는 고욤나무에 접목시킨 감나무 줄기에서 달디 단 감이 열리기를 기다리는 고욤나무의 꿈을 제자를 잘되도록 가르치는 스승의 꿈에 비유한다. 스승은 자기보다 더 뛰어난 제자가 나오기를 기대하듯이, 고욤나무도 자신의 열매인 고욤보다는 접목해서 낳은 감이 더 실한 열매를 맺기를 기원한다는 뜻이다. 그리고 고욤나무에 감나무 가지를 접목하는 것을 궁금해 묻는 손자에게 할아버지는 '접목은 고욤나무의 모성과 감나무의 부성을 접하는 것이어서, 고욤나무에 접한 감나무는 뿌리가

튼튼하여 감이 잘 열리지만 접목하지 않은 감나무는 곶감, 홍시를 만들 수 없는 씨 많은 돌감만 다닥다닥 열린다.'는 사실을 알려준다."

할아버지의 말씀을 통해서 새롭게 깨닫게 되는 고욤나무의 모성과 감나무의 부성은 "감꽃은 남성다워서 뚝뚝 떨어지지만 고욤꽃은 여성다워서 살며시 떨어진다"는 식의 놀라운 사실도 재발견의 방법으로 제시된다. 이러한 재발견은 곧 새로운 창조의 기쁨이며 결과적으로 행복을 만드는 일이다.

「황금분할」에서도 이런 깨달음이 잘 드러난다. 그는 거실에서 손가락을 쥘락 펼락하다가 손이 얼굴이나 다름없다는 생각으로 손바닥과 손가락을 쭉 펴서 자세히 살펴보는 계기가 있었다. 그러다 엄지에서 새끼손가락까지 모두 손가락 길이와 손바닥 중앙 점까지의 길이 비율이 황금분할이란 사실을 발견한다.

다시 뒤집어 주먹을 쥔 채 살펴보니, 손등 아래로 접힌 각각 손가락 마디와 손가락 마디 방향의 손등 길이 비율이 또한 황금분할 비율이었다. 얼굴과 손에 황금분할이 있었다. 그는 자신의 발견에 매우 놀란다.

"놀라 어안이 벙벙했다. 조상께서 물려받아 부모님께 황금분할 문양을 손에도 그려주셨다. 내 자식에게도, 유전자 족보를 지금까지 알지 못하고 지났던 게 부끄러웠다."

이런 발견은 곧 새로운 기쁨이다. 새로운 것을 알게 된 기쁨 이는 수학자 피타고라스가 피타고라스의 원리를 발견하고 그 기쁨으로 아테네의 시민들을 모두 초청해서 석 달이나 잔치를 벌였던 고사를 이해하게 된다. 재창조의 기쁨 깨달음의 행복을 맛보게 되는 순간이다.

"인간의 체형에서 얼굴(머리에서 턱까지)과 신장의 비율이 8:1이 되면 팔등신 또는 팔두신이라 한다. 신체의 밸런스를 측정할 때 이 두신지수頭身指數가 기준이 된다. 가장 이상적인 타입, 건강한 미인 표준 스타일이 팔등신인데, 빼놓을 수 없는 것은 얼굴 요체(눈, 코, 입 등)의 황금분할이다. 모체에서 영양을 공급받는 탯줄의 연결 점, 배꼽은 신장의 황금분할 지점에 있다."

저자가 과학도이고 공학도라 이런 수학적 진리에 더욱 놀라움을 발견하고 기뻐한 것은 자연스런 일인지 모른다. 이런 비율은 모든 자연에 존재하며 아름다움의 실체가 되기도 한다.

저자는 일반 생활적인 것에서도 이런 의미의 재발견 창조의 기쁨을 즐긴다. 그런 면에서 「도리도리 짝짜꿍」은 매우 흥미롭다. 저자는 나이가 들면서 자신의 말이 어눌해지고 있음을 느낀다. 달갑잖게 찾아온 불청객이 곁을 떠나지 않는다. 아내가 눈치를 채고 "왜 자꾸 우물우물하느냐"고 핀잔을 준다. 저자는 그것을 극복해 보려고 독서하듯 노래하듯 말해 보기도 하고 "아니야, 아니야!" 도리질을 치기도 한다. 그러다 생각해낸 것이 '도리도리 짝짜꿍'의 놀이에 대한 기억이다.

"눈을 감으니 회화나무 벤치에서 만났던 할머니가 "도리도리 짝짜꿍"하며 미소 띤 얼굴로 다가온다. 그렇다 시계가 거꾸로 돌아가 애가 된 꼴이니 '도리도리 짝짜꿍'이나 한번 해보자! 도리질을 생각날 때마다 반복하니 목이 유연해진다. '서걱서걱' 소리가 점차 사라지고,

말더듬 안개가 걷히는 듯싶다. 슬그머니 찾아온 사랑방 손님이 떠나려는가 보다. 옳지 잘 가라고 '도리도리 짝짜꿍' 하며 환송하려는데, 단짝 찰떡 친구한테서 전화가 왔다."

어릴 적 할머니가 가르쳐주신 '도리도리 짝짜꿍' 놀이는 그냥 놀이로서만 끝나는 것이 아니다. 우리의 건강을 지켜주는 비법도 함께 내포하고 있는 것이다. 이런 삶의 지혜에서 나온 것들이 한둘이겠는가? 말더듬이도 그런 놀이를 통해서 고치고 왼손잡이 버릇도 그런 방법으로 고친다. 어눌한 말투도 노랫말 부르면서 고쳐간다. 정화수를 떠놓고 무병장수를 비는 그 의식 속에도 조상님들의 삶의 지혜가 숨어 있다. 그런 것의 의미를 재발견해 내는 일은 참으로 기쁜 일이고 가치 있는 일이기도 하다.

▌긍정적 낙천적 세계관

조철형 님은 과학도이며 공학도이다. 무에서 유를 창조하는 일에 익숙하다. 그는 열악한 조건을 개선시킨다. 그리하여 남들이 포기한 그 바탕에서도 새롭게 가능성을 제기한다. 그런 극복의 과정을 잘 나타내는 글들이 많다. 「분리수거」에서 그런 저자의 면모를 잘 살필 수 있다.

저자는 쓰레기 자체가 오염되지 않도록 조금만 신경 쓰면 재활용에 비용이 적게 들고, 자연 품으로 돌아간 때 환경을 오염시키지 않게 되는데 무심코 버린 쓰레기가 금수강산을 훼손시킨다고 보았다. 저자는 그것을 극복해 보인 자신의 성공사례를 소개한다.

"나는 1996년도 인천에 있는 D사 철강공장에 부임했다. 준공 5년이 지났는데도 흑자경영이 이루어지지 않았다. 공장바닥은 쇳가루 비산, 기름 범벅으로 오염되어 작업복을 2일 입기가 어려웠다. 쓰레기가 많이 배출, 자체 소각장을 운영하니 매일 다이옥신 비상이 걸렸다. 품질 보장은커녕 클레임 처리하느라 골머리를 앓았다. 재해다발공장이니 내우외환이었다."

그는 이것을 해결하기 위해서는 오염 발생원을 차단하고 쓰레기 실명제를 실시하여 분리수거로 소각장을 없애는 일이라고 생각했다. 그래서 우선 쓰레기 오염원을 찾아 해결에 나섰다. "두더지, 타잔 작전으로 버려지고 숨은 쓰레기를 색출했다." 그러자 쓰레기 집하장은 산더미였다. 중금속 폐기물과 재활용 쓰레기를 철저히 분류하여 실명제 분리수거를 하였다.

"공장 바닥과 설비는 깨끗해졌고 산더미처럼 쌓였던 쓰레기는 십분의 일로 줄었다. 2년 만에 소각장이 필요 없어 철거했다. 폐수처리장 수족관에서 관상어를 기르게 되었다. 작업복 입고 출퇴근하는 사원들의 얼굴이 훤했다."

그 결과로 철강회사로는 처음으로 환경친화기업 인증을 받았다. 전 사원은 환경친화기업 마크가 새겨진 재생지 명함을 갖게 되었다. 유럽 바이어들이 친환경 품질을 확인하고 한국 최초로 철강제품을 유럽에 수출하게 되었다. 얼마나 대단한 업적인가? 그야말로 무에서 유를 창출한 것이다. 저자의 긍정적 세계관 또는 하면 된다는 창조적 의식이 이런 큰 업적을 가능하게 한 것이다.

「불씨」에서는 또 다른 하나의 기적을 만들어낸다. 저자는 아파트 뒤 산자락 밭 800평을 회사에서 임차하고, 사원아파트 주민들에게 농장 명칭을 공모했다. 새로 조직된 부녀회와 간담회에서, 농장 이름 심사 결과 농장 최종 명칭을 "반딧불 한아름 농장"으로 명명했다. '반딧불이 날아다니고' '한 아름 수확' 하는 친환경 농장을 만들어 보자는 생각에서였다. 농사꾼도 아닌 아파트의 부녀회에서 그런 큰일을 해낸다는 것은 꿈같은 이야기일 수도 있었다. 더구나 단시일의 텃밭 가꾸기에서 반딧불이 날아다니게 한다는 것은 과욕이 아닐 수 없었다. 그런데 기적이 일어난다.

"잠자리에 들려는데 문 두드리는 소리, 부녀 회장이었다. 농장에 불이 붙었다는 것이다. 불? 달려가 보니 농장에 불씨, 불쏘시개들이 모여 "불이야! 불이다! 반딧불이다!" 환호했다.

마침내 이웃들과 만든 자신들의 농장에 반딧불이가 찾아온 것이다. 도시의 한 가운데 텃밭 가꾸기를 통해서 친환경 농사짓는 것만으로 끝나는 것이 아니라 반딧불이를 불러 모을 정도의 환경을 만든 것이나. 불가능할 것이라고 미리 채념한 것이 아니라 가능하도록 최선을 다 한 결과물이었다. 이처럼 저자는 긍정적인 세계관을 지니고 있으면서 어려운 난제도 가능하도록 도전함으로써 마침내 성공할 수 있었던 것이다.

저자는 남들이 불가능하게 여겨지는 일에도 뚜렷한 도전 목표를 두고 꾸준히 노력하는 놀라운 능력의 소유자이기도 하다. 그는 "가까운 사람들로부터 존경을 받는 게 어렵다."라는 말을 자주 들었다. 소위 삼난三難이다. 첫째가 아내로부터 존경받기 어렵고 둘째가 자식들로부터며 셋째가 동료들로 부터다.

그는 이것을 극복해 보고자 도전장을 내밀었다. 첫 단계로 서예가와 수필가로 등단하여 모났던 인생을 가다듬기로 했다. 어떤 곤궁에 처해도 흔들리지 않도록 '시계를 거꾸로 돌려놓고' 실천하기로 했다. 이른 바 삼난의 극복과정이다.

"아득해만 보이는 난공불락難攻不落의 '삼난의 극복'을 무모하게 도전했다. 하지만 어쩌랴. 안 것을 행동에 합하는 지행합일知行合一의 길을 멈추지 않고 뚜벅뚜벅 갈 데까지 걷는다. 시계가 멈추지 않는 한. 아! 언젠가는 종이 울릴 것이다."

아마도 시간이 걸리겠지만 그의 포부는 이루어질 것이다. 우공이산愚公移山이란 말이 있다. 어리석은 노인이 앞산을 옆으로 옮기겠다고 삽질을 했다. 이웃들이 모두 그를 비웃었다. 그러나 세월이 지나면서 마침내 그 노인의 꿈은 이루어졌다. 하면 된다는 실천력, 설혹 안 되더라도 끝까지 해 보겠다는 의지, 그리고 마침내는 어떤 결실이 있을 것이라는 긍정적 세계관. 이런 것들로 뭉쳐진 저자의 건실한 실천력은 참으로 모두가 본받을 만하다는 생각이 든다.

「하늘 장독대」에서는 도시 아파트의 옥상에 고향을 옮겨 놓는 모양새를 보여준다. 새로 이사를 온 할머니가 아파트 옥상에 장독대를 갖다 두고 도시에서는 사라진 시골생활을 재생하고 있다. 저자 자신이 하고 싶었던 일을 이사 온 할머니가 대신하고 있었다. 그는 할머니가 하시는 일을 관심을 가지고 살펴보았다. 할머니의 마음이 바로 저자의 마음이다. 모두들 생각조차 해보지 않은 일들을 심지가 곧은 사람들은 해 낸다. 뜻이 있는 곳에 길이 있기 때문이다.

"할머니가 누리의 기쁨을 받으며 독에 메주를 담근 후 하루에도 몇 번씩 옥상을 찾는다. 옥상에 진달래가 피고 송홧가루가 날리자 간장을 달이고 항아리별로 된장과 고추장을 담았다. 나는 그날 저녁에 장독대 주변에 벌레 접근을 막기 위해 소금을 뿌렸다. 고마워 하시는 할머니는 나들이 다녀오면 으레 장독대를 찾는다. 해와 달, 별빛을 받으며 장이 익어가니, '하늘 장독대'를 바라보는 내 마음도 더불어 익어가길 바라고 있다."

할머니는 항아리에 된장, 고추장을 채운 다음 정하수를 떠놓고 기도를 하신다. 피붙이나 다름없는 소중한 독과 항아리다. 무사안녕을 기원하는 것이다. 고향의 할머니 어머니가 하던 관습 그대로다. 달과 별이 할머니의 정성을 굽어 살피고 있다. 그런 정성으로 온 가족이 행복하게 살아간다.

조철형 님은 목적을 정하고 그것이 관철하도록 노력하는 의지가 상한 분이다. 그 의지로 일상적인 것들을 낙원으로 바꾼다. 평범한 것들을 행복으로 바꾼다. 그리고 그것을 글쓰기의 자료로 활용한다. 조철형 님의 글이 즐겁게 읽히는 이유다.

이 세상의 많은 어두운 그늘을 외면하고 이처럼 밝은 곳만을 조명해도 되는 것인가 하는 의문은 다른 문제다. 작가마다 나름대로의 개성이 있기 마련이다. 태생적인 환경과 성장하면서 새롭게 간직한 철학이 상승작용을 한다. 그런 결과로 그가 밝고 건강한, 햇빛 같은 삶

을 살고자 하고 그런 글을 쓰고자 한다면 그것은 그의 개성이다. 그
만이 갖고 있는 독특함이다. 그런 점에서 소중하고 값진 것이다.

　그가 만드는 행복 찾기 행복 만들기가 다른 사람에게도 전염되어
서 많은 사람들로 하여금 행복하게 했으면 좋겠다. 또한 다른 사람들
도 행복 만들기에 동참했으면 좋겠다. 그렇게 되면 이 사회가 바로
행복한 사회가 될 것이기 때문이다. ♣

고용나무의 꿈

2018년 9월 1일 인쇄
2018년 9월 5일 발행

지은이   조 철 형
감수자   김 영 진
펴낸이   백 성 대
펴낸곳   도서출판 노 문 사

주 소   서울 중구 마른내로 72(인현동)
등 록   2001년 3월 19일 제2-3286호
이메일   nomunsa@hanmail.net

전 화   (02) 2264-3311, 3312
팩 스   (02) 2264-3313

ISBN   979-11-86648-20-9